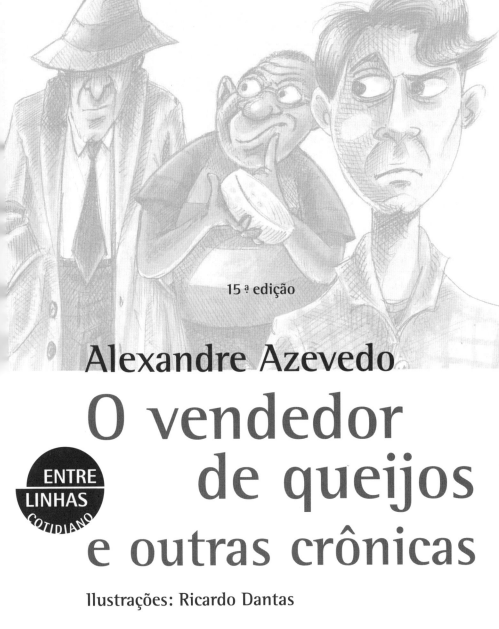

15.ª edição

Alexandre Azevedo

O vendedor de queijos e outras crônicas

ENTRE LINHAS COTIDIANO

Ilustrações: Ricardo Dantas

Conforme a nova ortografia

Série Entre Linhas

Gerente editorial • Rogério Gastaldo
Assistentes editoriais • Jacqueline F. de Barros / Valéria Franco Jacintho
Revisão • Pedro Cunha Jr. (coord.) / Juliana Batista / Cid Ferreira
Gerente de arte • Nair de Medeiros Barbosa
Diagramação • Selma Caparroz
Projeto gráfico de capa e miolo • Homem de Melo & Troia Design
Coordenação eletrônica • Silvia Regina E. Almeida
Produtor gráfico • Rogério Strelciuc
Suplemento de leitura e projeto de trabalho interdisciplinar • Maria Sylvia Corrêa
Impressão e acabamento • Bartira

Dados Internacionais de Catalogação na Publicação (CIP)
(Câmara Brasileira do Livro, SP, Brasil)

Azevedo, Alexandre
    O vendedor de queijos e outras crônicas / Alexandre
Azevedo; ilustrações Ricardo Dantas. — 15. ed. — São
Paulo: Atual, 2007. — (Entre Linhas : Cotidiano)

    ISBN 978-85-357-1139-4
    ISBN 978-85-357-1140-0 (professor)

    1. Crônicas - Literatura infantojuvenil
    2. Literatura infantojuvenil I. Dantas, Ricardo.
II. Título. III. Série.

07-5819   CDD-028.5

Índices para catálogo sistemático:

1. Literatura infantojuvenil   028.5
2. Literatura juvenil   028.5

Copyright © Alexandre Azevedo, 1991.

SARAIVA Educação Ltda.
Rua Henrique Schaumann, 270 — Pinheiros
05413-010 — São Paulo — SP
Todos os direitos reservados.

15ª edição/9ª tiragem
2016

SAC | 0800-0117875
    | De 2ª a 6ª, das 8h30 às 19h30
    | editorasaraiva.com.br

810692.015.009

Para Elisa, Pedro, Fernanda e Clarissa.
Para Luis Fernando Verissimo, Ziraldo
e Lourenço Diaféria.
Para minha mãe, Idelvés.
À memória de meu pai, Weliton

Sumário

Prefácio 7

Seu Sol, dona Lua 9

O contador de vantagens 11

O casamento do Juarez 13

O cartão de visita 15

A gravata 17

A festa 19

A televisão 21

Vida fácil 23

O vendedor de queijos 25

O novo síndico 27

Bons tempos, aqueles! 29

O substituto do bilheteiro 31

O carro 33

Aconteceu no Oeste 35

A Formiga e a Aranha 37

Pega ladrão! 39

Sede própria 41

Morreu de gaiato 43

O vizinho do Luisinho 44

Na praça 46

Um furo furado! 48

Uma chata de galocha 50

A cura 52

Triste fim da vaca Gertrudes 55

Cale a boca, Jorge! 58

Que pobreza! 60

O pecado 61

Os sapatos da freguesa 63

O baile 65

O binóculo 67

O galo e o despertador 69

O assalto 71

A patroa do Souza 73

Papai Noel duma figa! 74

Quem matou Abel? 75

O pesadelo 77

Pena de morte... lenta 78

O que está acontecendo? 80

Bancando o coronel 82

Pai e filho 84

O cachorro do Gumercindo 86

A nova vida do seu Joaquim 88

Grand Circo Holandês 89

O autor 92

Entrevista 94

Prefácio

A primeira crônica desta coleção de crônicas divertidas já dá uma boa ideia da capacidade do autor. Ele sabe quais são os ingredientes necessários do gênero e – coisa surpreendente em quem já não está começando – continua sabendo como misturá-los na dosagem certa. Isso é raro. Muitas vezes se tem a ideia (no caso, o diálogo entre o Sol e a Lua) e não se sabe o que fazer com ela. Pode-se mesmo dizer que todo o aprendizado da crônica é descobrir o que fazer com as boas ideias, como desenvolvê-las, como não desperdiçá-las. O Alexandre sabe.

 E o maior elogio que se pode fazer a este livro é que ele não frustra a expectativa provocada pela primeira crônica. Todas, ou quase todas, estão no mesmo nível. A única coisa que me intrigou neste livro é que, se ele se chama O vendedor de queijos e outras crônicas, a primeira crônica deveria ser a do queijo. Ou o Alexandre *muda a ordem das crônicas ou muda o título do livro. Que passaria a se chamar:* Seu Sol, dona Lua, *etc., etc.*

Outra coisa: se você leu o primeiro livro do Alexandre – quando ele estava começando, não a escrever crônicas mas a publicar livros – você verá que o meu prefácio é igual ao do Verissimo (se é que você lê prefácios). Não se assuste: é que nós dois temos a mesma opinião sobre este nosso novel colega radicado em Ribeirão Preto. Ele leva jeito, muito jeito. Se vivesse no Rio, estaria fazendo espirituosíssimos prefácios para os jovens escritores.

Ziraldo

Justificativa do autor:
Ziraldo me sugeriu que trocasse o título do livro ou que mudasse a ordem das crônicas.
Entretanto, se eu fizesse isso, perderia o sentido de seu prefácio.

Seu Sol, dona Lua

Diálogo interessante aconteceu entre o Sol e a Lua. E isso se deu em pleno sol do meio-dia:

— Ora, ora, que surpresa mais agradável! A senhora por aqui, dona Lua?

— Pois é, seu Sol, eu...

— Mas que aparência a sua, dona Lua! Está tão pálida! Já sei, veio tomar um solzinho, né?

— Quem me dera, seu Sol, quem me dera!

— Então conte-me o que está acontecendo. Por que essa cara de lua?

— Ah, seu Sol! Parece até que eu vivo no mundo da lua...

— Ih! Lá vem a senhora com esse papo lunático!

— É verdade, seu Sol. Desde que invadiram a minha privacidade que eu não tenho mais aquele brilho de sempre. E não parou por aí. Sempre está chegando gente nova para perturbar o meu sossego. Já estou cheia! Cheia, seu Sol! Só me falta mesmo virar lua de mel!

— Tem razão, isso é fogo! Graças a Deus, eu não tenho essa preocupação. Como já dizia o velho ditado: pode vir quente que eu estou fervendo!

— É por isso mesmo que eu estou aqui, seu Sol. Quero propor-lhe um negócio.

— Negócio?! Com a senhora?

— Calma, calma, não se esquente! Vou lhe explicar... Puxa, que calor faz aqui, hein? Bom, eu só quero lhe propor uma troca de turnos.

— Troca de turnos? Que papo é esse, dona Lua?

— Não precisa ficar vermelho, seu Sol! O negócio é simples. Eu fico durante o dia, enquanto o senhor fica durante a noite, entendeu?

— Humm, sei não... Acho que isso vai dar bode! A senhora não é notívaga?

— Xi, é mesmo! Esqueci que sofro de insônia! Só consigo dormir durante o dia.

— E eu não posso dormir de dia, sabe como é, né? O calor...

— O senhor tem razão. A propósito, que horas são?

— Meio-dia, pontualmente!

— Ai, meu São Jorge! Estou atrasada! Já era para eu estar no Japão! Qualquer dia eu apareço para ficar mais tempo.

— Talvez num eclipse!

— Talvez. Boa noite, seu Sol!

— Bom dia, dona Lua!

O contador de vantagens

— Tá vendo esse mundão de terra aí, seu Tavares? Pois é, sô, é tudo meu. Tudinho, tudinho. Até onde as vistas não podem mais alcançar!

Ninguém acreditava nas histórias do Romualdo, muito menos seu Tavares. Mas, para não magoar o amigo, ele fazia um ar de impressionado e soltava:

— É mesmo, sô? Que belezura, hein?!

E, assim, Romualdo vivia se gabando, contando suas vantagens. Qualquer um que se aproximasse do Romualdo não saía sem primeiro ouvir uma das suas:

— Ih, rapaz! Olha lá a carreta estacionada no posto. Tá vendo?

— Vai me dizer que é sua também? — perguntou, num tom de deboche, seu Almerindo.

— O quê? A carreta? Não, não, quem me dera...

— Ah, bom! Já tava imaginando que...

— Que nada, seu Almerindo, que nada! A carreta não é minha, não, senhor. Mas aqueles carros que estão em cima dela são. Tudo zerinho, zerinho!

E foi assim por muito tempo. Até que resolveram desmascarar o Romualdo. Recapitularam tudo pra não haver erro nenhum:

— Então fica assim. A gente leva o Romualdo lá pras bandas da cachoeirinha que fica perto da fazenda do meu tio.

— Tem certeza de que ele não conhece o lugar?

— Nunca foi pra lá, já me informei. Chegando perto da fazenda, a gente dá uma paradinha pra tirar água do joelho e espera o Romualdo se gabar das terras. Aí a gente acaba com ele, entenderam?

Tudo ficou mais do que entendido. No outro dia, levaram o Romualdo pro passeio. Chegando perto da fazenda, pararam:

— E aí, gente, vamos dar uma paradinha pra tirar água do joelho? — perguntou seu Anacleto.

Todos desceram da caminhonete e foram pro matinho. Na volta, Romualdo lascou:

— Nada melhor do que mijar nas coisas da gente, hein, pessoal?

— Pera lá, compadre! Essa terra aí não é sua, não! Isso tudo é do seu Clodoaldo, tio do Gumercindo!

Romualdo deu um tapinha nas costas do compadre e saiu pela tangente:

— Uai, sô! Quem é que falou isso? Eu mijei foi na calça mesmo. O zíper enguiçou e não deu tempo de segurar!

O casamento do Juarez

Até que não aguentou mais e resolveu casar.

Eu estou me referindo ao sovina do Juarez. Sujeito mais pão-duro que essa cidade já viu.

E quando a notícia se espalhou, então? Ninguém acreditou. Foi falatório pra mais de mês:

— O quê? Aquele unha de fome? Duvido!
— Tem certeza, sô?
— Olha, não brinque com coisa séria, rapaz!
— Se for verdade, eu faço questão de conhecer a corajosa!
— Ora, onde já se viu, o Juarez! Conta outra, vai?

Realmente era difícil de acreditar que aquele mão de vaca fosse capaz de realizar tamanha proeza. Só vendo mesmo!

Mas com o tempo tudo foi se clareando e o povo — que não é besta nem nada — começou a desconfiar do casamento.

Primeiro o Juarez convidou os amigos mais chegados na base do "aparece-lá-pelas-seis", pra não ter que gastar com essas besteiras de convites, como ele próprio dizia.

E teve gente até que ousou perguntar se não iria ter festança depois, pra festejar o acontecido.

Mas logo o Juarez tratou de tirar o time de campo:

— Qual o quê! Do jeito que as coisas andam...

E ninguém imagina o custo que foi pra ele abrir as mãos e receber os cumprimentos dos convidados que compareceram ao cartório. Era gente saindo pelo ladrão! Isso porque o pessoal daqui é que nem São Tomé, só acredita vendo. E foi só no cartório mesmo:

— Bem que eu fazia gosto de casar na Igreja, mas com o preço que tá, Deus há de concordar!

Uma semana depois, o pessoal ficou sabendo de toda a verdade. E foi a empregada, que havia sido despedida logo após o casório, que resolveu botar a boca no trombone:

— Ele casou mesmo foi pra não ter que pagar empregada!

O cartão de visita

O marido, pondo em dúvida a fidelidade da mulher, contratou um detetive para segui-la:
— Perfeitamente, doutor – disse o detetive, fazendo ar de Sherlock Holmes –, pode ficar tranquilo!
O marido, tranquilo, não podia ficar. A cada dia que passava, ele ficava ainda mais desconfiado. O detetive, ao final de todas as tardes, entregava o relatório completo das atividades realizadas pela mulher durante o dia.
— Hoje ela fez isso, isso e aquilo! – dizia, confiante no bom desempenho do seu trabalho.
O marido ouvia atenciosamente o relato do investigador, mas sem tirar a ideia de traição por parte da mulher.

— Hoje ela fez isso, isso e aquilo!

Sempre a mesma ladainha. Não havia nada que pudesse comprometer a idoneidade da esposa. E o marido sempre com aquela mania de traição.

Talvez fosse melhor procurar um psicanalista, pensou ele. Talvez o problema estivesse nele mesmo.

E procurou. Conversa vai, conversa vem, tudo normal. Um mês de sessões e nada que pudesse comprometer a sanidade mental do analisado.

Enquanto o marido fazia suas sessõezinhas, o detetive cuidava da sua obrigação:

— Hoje ela fez isso, isso e aquilo!

Quando o marido ia para o seu tratamento, avisava à mulher:

— Chegarei mais tarde, querida. Tenho sessão.

Sem perder tempo, a mulher corria para o telefone:

— Pode vir, ele já foi!

Foi assim durante muito tempo:

— Chegarei mais tarde, querida. Tenho sessão.

Foi dessa vez que, ao chegar ao consultório, o doutor havia tido um imprevisto qualquer e cancelado a sessão. O marido chegou cedo em casa. A mulher ouviu o barulho do carro e gritou:

— Meu Deus! É o meu marido!

O marido entrou no quarto quando o sujeito pulava a janela. Conseguiu escapar por pouco, mas deixou cair algo no chão. Era um cartão. Um cartão de visita com os seguintes dizeres:

A gravata

O marido tinha sido despedido havia algum tempo. A mulher resolveu que iria trabalhar para ajudar nas despesas, pois as economias estavam no fim. Saiu cedo para a cidade à procura de emprego. Parou numa banca e comprou um jornal. Abriu na seção de classificados e assinalou com caneta as ofertas de trabalho. Quando fechou o jornal, reparou na data. Dia 15. Era o aniversário do marido. Entrou em diversas lojas à procura de um presente que pudesse pagar. Foi quando encontrou uma liquidação de gravatas. Não teve dúvida, comprou a mais discreta e mandou embrulhar para presente. Ao entardecer, depois de ser rejeitada nos vários empregos que havia assinalado no jornal, voltou para casa.

O marido estava na sala, lendo uma revista. A mulher o surpreendeu com o presente. Ele ficou por algum tempo tentando adivinhar o que havia dentro daquele pacote. A surpresa foi ainda maior quando ele viu o que era. O que iria fazer com aquilo, se nem ao menos um terno decente possuía? A única vez que vestira um terno fora no próprio casamento. Mas, para não decepcionar a mulher, agradeceu e fingiu felicidade. Quando foi se deitar, a gravata não o deixou dormir. A noite inteira ficou pensando no bendito presente. Por que a mulher dera a ele uma gravata? Onde iria usá-la? Nem o nó aprendera a dar!

No outro dia, a mulher saiu novamente à procura de emprego. O marido, desgostoso com a vida, ficou em casa. Começou a pensar nas contas que estavam para vencer, no aluguel atrasado, no telefone cortado, nas mensalidades escolares dos filhos, que estavam pela hora da morte. O carro, a televisão, até o relógio de pulso foram vendidos.

Quando a mulher voltou da cidade, gritou seu nome:

— Raul! Raul! Onde você está? Consegui um emprego! Consegui!

A mulher o encontrou no banheiro com a gravata no pescoço.

A festa

Eram três horas da madrugada e a festa corria solta no 709, apartamento estritamente familiar. A música estava tão alta que o porteiro dançava com a empregada do 601 dentro do elevador.

No apartamento 809, a mulher chamou o marido que, pela cara, sonhava com a Miss Universo:

— Clodomiro! Clodomiro!

Clodomiro resmungou alguma coisa, virou-se para o outro lado e continuou a sonhar. A mulher, irritada, desferiu-lhe um cutucão que o fez rolar na cama, caindo no chão.

— Hã?! Que foi? Vai dormir, mulher!

A mulher, de bobes na cabeça, levantou-se, colocou as mãos na cintura e falou:

— Como é que alguém pode dormir com essa barulhada toda no apartamento de baixo? Como?!

— Que barulho? — disse, bocejando, o marido.

— Não se faça de besta! Vá lá e termine com essa algazarra!

O marido bocejou mais uma vez e olhou para o relógio. A mulher foi decisiva:

— Vai lá, homem! Vai lá! Você é ou não o síndico desta porcaria?

O marido, com os olhos semicerrados, foi categórico:

— Renuncio!

A mulher acendeu a luz, colocou o penhoar, e, quando ia deixando o quarto, o marido gritou:

— Zoraide! Aonde você vai?

— Já que não tem homem nesta casa, eu mesma vou terminar com essa festa!

A mulher deixou o quarto. O marido gritou novamente:

— Zoraide!

A mulher voltou, fazendo ar de vitoriosa:

— Que é?

— Apaga a luz!

A mulher, indignada, saiu como se fosse para a guerra. Enquanto isso, o marido dormia profundamente.

Era meio-dia quando o marido acordou. Estranhou a esposa não tê-lo chamado antes. Estranhou ainda mais ao vê-la dormindo sem nenhuma roupa. Porém, não quis acordá-la. Tomou seu café e saiu para comprar jornal. Na portaria, o porteiro, com olhos de ressaca, chamou-o:

— Seu Clodomiro!

— Sim? — perguntou ele.

— O seu Marcos, do 709, pediu para entregar este pacote aqui para a dona Zoraide. O senhor faz esse favor?

Seu Clodomiro pegou o pacote e ficou imaginando o que teria ali dentro. Não conseguindo se conter, desembrulhou-o.

No caminho até a banca de jornal, ficou tentando entender o que estava fazendo o penhoar e a calcinha cor-de-rosa da mulher dentro daquele pacote.

A televisão

Péricles, durante meses, economizou um dinheirinho na poupança para que, quando chegasse a Copa do Mundo, pudesse assistir aos jogos numa televisão de 42 polegadas. À noite, dona Consuelo sonhava com a novela das oito e com o galã quase em tamanho natural.

Chegou a copa e Péricles ainda não possuía o dinheiro suficiente para a aquisição do aparelho. O Brasil ganhava seus jogos, e Péricles sem poder ver os gols como gostaria. Resolveu, então, não comer por alguns dias. Falou com a mulher e explicou que era por uma causa justa, por amor à Pátria. Dona Consuelo concordou, mesmo porque estava precisando perder alguns quilinhos.

O tão esperado dia chegou. Péricles foi à loja e comprou a televisão. Não pudera acompanhar a copa inteirinha, mas, pelo menos, iria ver a decisão com classe. Quando apareceu em casa com a caixa de papelão, encontrou a mulher sentada no sofá, com mais cinco vizinhas. Péricles estranhou toda aquela gente ali parada e perguntou:

— Vieram ver a final também?

As vizinhas se entreolharam. Dona Consuelo tomou a palavra:

— Viemos assistir o final, sim, mas o da novela!

Foi aí que Péricles se enfureceu. Depois de tanto sacrifício, não poderia deixar passar por menos. A confusão se formou. Era um tal de troca-de-canal-pra-cá, troca-de-canal-pra-lá. Elas querendo a novela, ele querendo o futebol. Às oito horas, a discussão virou pancadaria. Chutes, beliscões, mordidas, puxões de cabelo. Eram seis contra um. Por fim, as mulheres venceram. Péricles, derrotado, saiu de campo e foi para o chuveiro.

Na hora de começar a novela, apareceu aquele sujeito que fala sobre esportes: "Por motivo da decisão da Copa do Mundo, deixaremos de apresentar o último capítulo da novela..., que irá ao ar amanhã neste mesmo horário. Assistam agora a: Itália *versus* França".

Péricles, ao ouvir do banheiro, saiu vibrando, como se ele próprio tivesse marcado o gol da decisão. As mulheres saíram da sala como se tivessem levado cartão vermelho.

Péricles pegou sua bacia de pipoca, ajeitou-se na poltrona e, ao apito inicial, a televisão pifou.

Vida fácil

A simpática senhora esperava pacientemente, na fila do orelhão, a sua vez de telefonar. Bem vestida, aparentava ser uma respeitada dona de casa, boa mãe, esposa exemplar.

Ao chegar a vez, um rapaz pobremente vestido, com feições aflitas, interrompeu-a:

— Perdão, minha senhora. Será que eu posso usar o telefone? É urgente! Por favor!

A simpática senhora, notando que o rapaz estava mesmo com algum problema sério, cedeu-lhe a vez. Então, ele encaixou o cartão no aparelho e, sempre apresentando sinais visíveis de nervosismo, completou a ligação:

— Alô! Seu Juarez? É o Reinaldo. O senhor mandou eu ligar às onze, lembra? A camisa e a gravata eu tenho. Só faltam a calça e o paletó. O senhor arrumou? Não! Puxa vida, o senhor prometeu. Tem que ser de terno, senão eles não aceitam... Droga, desligou!

O rapaz, decepcionado, foi sentar-se numa mureta ao lado do orelhão. A simpática senhora, que ouviu toda a conversa, reparou que ele chorava por não ter conseguido o seu terno. Sensibilizada com o ocorrido, ela foi ao seu encontro:

— Desculpe, mas eu não pude deixar de ouvir a sua conversa. Você precisa muito desse terno?

O rapaz explicou toda a situação. Disse que estava desempregado havia algum tempo e que não tinha dinheiro para a aquisição de um terno que usaria para se apresentar à vaga de determinada empresa. Comovida com a história do rapaz, a simpática senhora resolveu presenteá-lo com um terno novinho. O rapaz agradeceu com lágrimas escorrendo pelo rosto.

No outro dia, no mesmo orelhão, um simpático senhor pegou o fone para fazer a ligação. O rapaz interrompeu-o:

— Perdão, meu senhor. Será que eu posso usar o telefone? É urgente! Por favor!

O simpático senhor cedeu-lhe a vez:

— Alô! Seu Juarez? É o Reinaldo. O senhor mandou eu ligar às onze, lembra? A camisa, a gravata, a calça e o paletó eu tenho. Só falta o sapato. O senhor arrumou? Não! Puxa vida...

O vendedor de queijos

Saiu o vendedor de queijos a vender seus queijos pelas ruas da cidade. Na primeira casa que encontrou, arriou sua sacola e pôs-se a bater palmas. A empregada, pobremente vestida, saiu à porta para atendê-lo:
— Pois não?
— A patroa não deseja comprar um queijinho?

A empregada mandou-o esperar um instante e foi para dentro da casa perguntar à patroa se ela não queria queijo.

Alguns minutos depois, a empregada voltou:
— A patroa mandou perguntar se é mineiro.
— Não, senhora, sou paraibano!

A empregada foi novamente falar com a patroa. Depois:
— A patroa quer saber se o queijo é de Minas.

— Sei não, senhora. Acho que nasceu aqui mesmo. Que diferença faz se é mineiro ou cearense? Queijo é queijo!

— Mas a patroa disse que só compra se ele for mineiro! É mineiro ou não é?

O vendedor, para não perder a freguesa, falou que era.

— Então, prova! — disse a empregada.

— Olha, dona, eu não tenho aqui comigo a certidão de nascimento dele, não. Mas só tem um jeito de descobrir se ele é mineiro ou não.

— E qual é? — quis saber a empregada.

— Fácil — respondeu ele. — A senhora dá uma apertadinha nele. Se ele disser *uai*, é mineiro!

— E se não disser? — indagou a empregada.

— Não tem erro. É mineiro mudo!

O novo síndico

No auge da reunião, quando os condôminos estavam exaltados, seu Guilhermino apareceu:
— Com licença, eu vim substituir...
Ninguém deu a mínima importância à sua presença, quanto mais às suas palavras.
O síndico, ao centro da mesa, relatava os muitos problemas que o prédio apresentava. Os moradores, sentados à sua frente, exigiam que o síndico prestasse contas:
— E o dinheiro do condomínio? — perguntou o 207.
— Pagamos uma fortuna por mês! — exclamou o 307.
— O senhor não fez nada até agora, por quê?! — perguntou e exclamou o 407.

O síndico, mais conhecido como 509, tentava sair pela tangente. Enquanto isso, seu Guilhermino, parado à porta, pedia licença para entrar:

— Me mandaram aqui para...

A confusão aumentava a cada palavra do 509, que não conseguia controlar a situação:

— Silêncio! Calma, calma! Vamos tratar do caso com diplomacia!

De tanto pedir silêncio, os moradores resolveram ouvi-lo. No momento em que o salão se calou, seu Guilhermino aproveitou:

— Seu síndico, eu vim substituir...

Nem mesmo seu Guilhermino terminara de falar, o 605, lá do fundo, gritou:

— Apoiado! Apoiado! Vamos substituir o 509!

Seu Guilhermino tentou explicar:

— Não, gente, peraí!

— É isso mesmo — falou o 304 —, não é assim que se procede! Vamos usar de democracia!

O salão todo concordou. O 509, totalmente desorientado, não sabia o que dizer. Muito menos seu Guilhermino, que continuava parado à porta do salão.

A eleição foi feita diretamente, na base do "levanta a mão".

— Quem vota nele levanta a mão direita! — disse, eufórica e democraticamente, a 701, apontando para seu Guilhermino.

Os condôminos foram unânimes. Seu Guilhermino foi eleito o novo síndico. Os moradores correram ao seu encontro para cumprimentá-lo. A euforia era tão grande, que ele nem teve oportunidade de falar.

Quando todos estavam comemorando o acontecimento, seu Guilhermino aproveitou a "deixa" e foi ao banheiro. Substituiu rapidamente a torneira da pia que estava com defeito e deu no pé o mais depressa possível.

— A gente encontra cada um nessa vida! — falou ao porteiro, sem se esquecer de lhe entregar a notinha do conserto.

Bons tempos, aqueles!

Uma velhinha de oitenta anos andava pelas ruas da cidade. Com o calor que fazia, resolveu parar e descansar um pouco. Em frente ao "Fliperama do Osmar", ajeitou os óculos e leu: "Panorama Bar".

Entrou. Olhou a sua volta, lembrando-se dos seus tempos de mocinha, quando costumava frequentar lanchonetes, com as amigas, para ouvir músicas naquelas máquinas acionadas a fichas — aquelas do tempo do Cafunga!

Dirigiu-se ao rapaz do caixa e, com um rosto nostálgico, falou:

— Por favor, mocinho, uma ficha! O rapaz, maquinalmente, entregou-a, sem perceber que se tratava de uma simpática velhinha.

— Obrigada! — agradeceu ela.

Ao dar conta de si, o rapaz estranhou:

— Ei, vovó, a senhora sabe jogar?!

Ela se virou para o rapaz e confirmou:

— Sim, um guaraná! Um guaraná!

Na máquina, ela depositou a ficha e esperou ouvir a música. Mas nada de ela tocar.

— Será que está com defeito? Já não se fazem mais vitrolas como antigamente! — falou, relembrando o passado.

Resolveu, então, discretamente, dar alguns cutucões para ver se funcionava. E nada de funcionar. Reparou, porém, que algo de esquisito acontecia dentro da máquina e, curiosa, perguntou ao rapaz do caixa:

— Mocinho, que é que essa bolinha está fazendo aqui dentro?

— Ora, é assim mesmo — respondeu ele. — Aperte o botão, que funciona!

Ela apertou. Gastou todas as bolinhas e não quis repetir a dose.

— Essa juventude! — falou ao rapaz do caixa. — Antigamente não era assim!

— Como era, então? — indagou, interessado, o rapaz.

— Ah! Bons tempos, aqueles, que a gente colocava a ficha na vitrola e ela tocava sozinha, sem ficar apertando aquele botãozinho.

Parou um instante de falar e ficou com os olhos perdidos no tempo. Começou a cantarolar uma música da sua época, que fez seus olhos se encherem d'água. O rapaz não entendeu nada:

— Mas vovó...

Antes de ele completar, ela falou:

— Está tudo mudado, meu filho! Hoje, além de ficar apertando aquele botãozinho, as músicas não são as mesmas. Hoje é só *blim! blom! blim! blom.* Isso que é o tal do *rock*, não é?

O rapaz tentou explicar:

— Não, vovó! Aqui é uma casa para se jogar!

Ela pegou a ficha e falou:

— Não, não. Não quero mais o guaraná!

E saiu cantarolando a música que costumava ouvir nos seus tempos de mocinha.

O substituto do bilheteiro

Eram duas horas da tarde daquela segunda-feira, quando o bilheteiro do Cine Ema, repentinamente, teve uma forte dor de barriga — dessas que o pessoal mais entendido chama por aí de disfunção do êntero. Apertado, suando frio, olhou a sua volta e não encontrou ninguém que pudesse substituí-lo. Havia somente um cidadão, ansioso pelo início do filme.

Devido à situação dramática, o bilheteiro não teve outra escolha:

— Por favor, venha cá!

O cidadão olhou para os lados, a fim de verificar se o bilheteiro realmente se referia a ele.

— O senhor mesmo! — confirmou o bilheteiro, fazendo uma expressão de quem não consegue mais segurar.

Explicada toda a situação, o cidadão prontificou-se a ajudá-lo. O bilheteiro saiu em disparada, deixando-o responsável pela bilheteria e pela portaria.

Quando já estava acomodado atrás da roleta, um sujeito, desses do tipo folgado, apareceu. No momento em que este ia passando pela roleta, o substituto do bilheteiro engrossou:

— Aonde o senhor pensa que vai?

— Ora, vou assistir ao filme!

— E onde está a sua entrada?

— Ah, vejo que você é novato por aqui, hein? Pois fique sabendo que sou um dos sócios desta espelunca!

— Eu não perguntei quem o senhor é! Está claro no regulamento: "Só poderá assistir, quem comprar entrada".

— Acho que você não entendeu bem. Eu sou o dono deste cinema. O dono! Entendeu, agora?

— Sinto muito. Eu só estou cumprindo com o meu dever. O senhor pensa que este trabalho é fácil? Pois não é, não! Tem que ter muita responsabilidade! Se eu deixar o senhor entrar, vou estar infringindo as normas da casa. O senhor compreende?

— Não, não compreendo, não! Sabia que eu posso despedi-lo a qualquer momento?

— Eu só cumpro ordens! E ordens são ordens!

Não tendo outro jeito, o sujeito retirou do bolso uma nota e comprou a entrada.

— Satisfeito? Posso entrar?

— Um minutinho só. A sua identidade, por favor.

— O quê?!

— Está claro no regulamento: "Filmes pornográficos, somente com a apresentação da identidade".

— Olhe bem para a minha cara! Eu pareço algum moleque?

— Sei não, esse bigode aí pode ser postiço!

— Tenha a santa paciência, rapaz! Fique sabendo que isso não vai ficar assim! Vou providenciar a sua demissão agora mesmo!

E saiu resmungando, fulo da vida. Naquele mesmo momento, voltava ao local o bilheteiro titular:

— Tudo bem por aqui? Nenhum problema?

— Nenhum. Só um sujeito que quis criar um casinho, mas nada de especial.

No outro dia, o bilheteiro titular recebia seu aviso prévio.

O carro

Quando o carro buzinou à porta da casa, a mulher saiu em disparada para a rua. Nem se lembrou da camisola e dos bobes na cabeça. Admirada, ficou por algum momento boquiaberta, como se fosse a primeira vez que olhava um automóvel.

O marido, sorridente, abriu a porta, desceu lentamente e fechou-a como se fecha a porta de uma geladeira. Caminhou para a mulher, balançando as chaves com a mão, e disse:

— Que tal, querida, gostou?

A mulher respondeu com um largo sorriso. O marido continuou:

— Vá chamar os meninos! Vamos dar um passeio!

— Meu Deus! Olhe só o meu estado! — disse a mulher, voltando a si, olhando para a velha camisola e colocando as mãos na cabeça. — Preciso me arrumar! Preciso me arrumar!

Enquanto a mulher se trocava, o marido resolveu dar uma jogadinha de água na belezura, apelido que ele colocou no veículo durante o trajeto até a sua casa. Na verdade o carro estava limpo, mas a vontade de lavá-lo foi tão grande que ele nem reparou nesse detalhe.

Algum tempo depois, a mulher já estava pronta. Os meninos também. Todos vestidos como se fossem à missa de domingo.

Entraram no carro e partiram para o passeio. Estavam alegres e sorridentes. De vez em quando, o pai chamava a atenção:

— Tira o pé do banco, menino! Vai sujar o estofado!

A mãe também não deixava por menos:

— Coloque os braços pra dentro, Toninho!

Aquela manhã ensolarada foi de pura felicidade. Em casa, após o almoço, o marido deu um beijo na mulher e partiu para o trabalho. Chegou em cima da hora. Doutor Aníbal já o esperava na calçada do seu escritório, olhando aflito para o seu Rolex de pulso.

Quando o carro parou, ele desceu, abriu a porta traseira, por onde doutor Aníbal entrou:

— Corra, Jarbas! Estou atrasado!

— Sim, doutor! — disse, olhando no retrovisor para colocar o quepe.

Aconteceu no Oeste

O xerife daquela pacata cidade do Oeste voltava, após três dias de ausência, orgulhoso de ter cumprido com brilhantismo seu papel de homem da lei. Arriou o cavalo, deixando-o parado na frente do *saloon*, e se dirigiu à barbearia para fazer uma limpeza geral. Nesse meio-tempo, um tiroteio acontecia na rua principal da cidade. O xerife colocou rapidamente suas roupas e partiu para averiguar o ocorrido. Nisso, o tiroteio havia terminado. Na rua deserta, somente seu cavalo, com sangue escorrendo pelo lombo. O pobre coitado estava morto. O xerife, vendo aquela triste cena, não se conteve. Fez uma imitação barata de John Wayne e se encaminhou ao *saloon*, onde as pessoas, refeitas do susto, tomavam seus uísques. O xerife abriu violentamente a porta, colocou a mão no coldre, onde reluzia seu revólver de prata. E, com voz de trovão, disse:

— Quem foi o desgraçado que matou aquele cavalo?!

Todos se entreolharam, amedrontados com a fisionomia do xerife. Todos, menos um brutamontes que estava sentado mais ao fundo, absorto de tudo o que estava acontecendo. O xerife, ao notar a tranquilidade daquele sujeito, caminhou em sua direção, parando a poucos metros de distância:

— Parece que o cidadão aí não ouviu a minha pergunta. Ou ouviu?

Foi aí que o brutamontes se sentiu ofendido. No momento em que ele se levantou, o xerife se deu conta da tamanha enrascada em que tinha se metido. O xerife já ia dar meia-volta, mas uma monstruosa mão tocou em seu ombro:

— Fui eu, por quê?

O xerife sentiu um calafrio percorrer seu corpo. O brutamontes ia repetir a pergunta, quando o xerife retirou do bolso um chumaço de notas que recebera da sua missão e entregou-as a ele.

— Pois fez muito bem! — disse o xerife. — Aquele cavalo era um fora da lei. Aqui está a sua recompensa!

O vendedor de queijos
e outras crônicas
Alexandre Azevedo

Suplemento de leitura

Diante de uma freguesa tão exigente, cheia de perguntas sobre a origem do queijo, o vendedor conclui a venda com esperteza e respostas na ponta da língua, claro. É também na base da esperteza que Reinaldo, o golpista do telefone público, consegue comover suas vítimas. A esperteza, de mão dada com o bom humor, está presente em muitas das crônicas reunidas nesta obra, de Alexandre Azevedo.

Há também o mentiroso Romualdo, o sovina Juarez, a cliente "ligeiramente" acima do peso que não quer revelar o verdadeiro número de seu calçado ao vendedor, o motorista que usa o carro do patrão como se fosse seu, a senhora que dribla o assaltante e muitos outros personagens.

O leitor se sente como se estivesse diante de um bom contador de *causos*, que desfia tipos humanos e situações da atualidade brasileira com graça e agilidade.

Por dentro do texto

•

Personagens e enredo

1. Nas crônicas "Sede própria", "O vizinho do Luisinho" e "O assalto", qual é a característica marcante dos respectivos personagens: o pessoal da "Bebe", Carlinhos e a senhora?

2. O humor está presente na maioria das crônicas de *O vendedor de queijos*. No entanto, em algumas delas o tom humorístico quase não aparece.

   a) Explique a situação e o tom utilizado pelo autor nas seguintes crônicas:

Crônica	Situação	Tom
A gravata		
Pega ladrão!		

b) Comente as atitudes de Raul, em "A gravata" e da senhora, em "Pega ladrão!".

_____

_____

c) Como você agiria se estivesse no lugar deles? Por quê?

_____

_____

3. Na crônica "A cura", há uma inversão de papéis.

a) Explique que inversão é essa.

_____

_____

_____

_____

_____

_____

_____

_____

b) O que o autor quer mostrar com essa inversão de ideias?

_____

_____

_____

_____

_____

4. Explique de que forma a questão da competência profissional é tratada na crônica "Quem matou Abel?".

_____

_____

_____

_____

Atividades complementares

•

(Sugestões para Ética, Ciências e História)

17. A crônica "O binóculo" aborda o trote, prática bastante comum que pode ter sérias consequências. Inclusive, os trotes nas faculdades, por ocasião da entrada dos calouros, já causaram problemas muito graves, e até a morte de pessoas. Procure informações sobre o assunto em jornais, revistas e na Internet. Em seguida, participe de uma discussão a respeito em sala de aula.

18. Na crônica "A cura", há um diálogo muito divertido entre o médico e o paciente. Tanto as atitudes do médico quanto as do paciente são o oposto do que conhecemos. Relacione todas as orientações do médico e, com a ajuda do professor de Ciências, explique suas consequências reais à saúde do paciente.

19. Na crônica "Bons tempos, aqueles!", a velhinha vive um momento de nostalgia, relembrando o passado. Nos últimos quarenta, cinquenta anos, muita coisa mudou em nosso país. Com a ajuda de um colega, faça uma breve pesquisa a respeito em livros, revistas, etc., colete fotografias e entreviste algumas pessoas mais velhas. Comece a sua pesquisa na década de 1960, e investigue mudanças nos costumes, na moda, na música, na política, etc.

Produção de textos

•

14. Muitas crônicas de *O vendedor de queijos* possuem uma estrutura semelhante à de anedota. Fruto da tradição popular, a anedota é um relato oral de um episódio engraçado. Inicia-se de súbito, caracterizando rapidamente fatos, personagens, tempo e lugar, com o intuito de criar um final inesperado e cômico. Escolha uma anedota de que você goste e tente narrá-la em forma de crônica.

15. Na crônica "Vida fácil", vemos Reinaldo fazer uso do telefone público para dar um golpe. Trata-se, nesse caso, de um golpe inofensivo, que não chega a fazer mal a ninguém. Mas nem sempre os golpes são assim. Com um colega, faça uma pesquisa nas páginas policiais dos jornais em busca de exemplos de golpes mais perigosos. Elabore um texto dissertativo, a partir da problemática observada.

16. "Com quem você pensa que está falando?" (p. 83), a pergunta do seu Tavares na crônica "Bancando o coronel", infelizmente, ainda é muito empregada por pessoas que julgam estar acima das leis. Por que certas pessoas se julgam tão poderosas? Quem lhes dá esse direito? Como isso pode ser coibido? Faça uma reflexão sobre esse tema e, a seguir, escreva um texto argumentativo a respeito.

5. Na história de "Cale a boca, Jorge!", o protagonista passa muitos e muitos anos sem falar com ninguém.

a) Em sua opinião, o que levou Jorge a tomar tal atitude?

_____

_____

b) Você já deixou de falar com alguém por um tempo? Por quê?

_____

_____

6. A infidelidade conjugal é tema recorrente tanto em histórias de humor quanto em tragédias.

a) Cite algumas crônicas de *O vendedor de queijos* em que esse tema é abordado.

_____

_____

_____

b) Em sua opinião, por que esse tema surge com frequência no universo literário?

_____

_____

_____

_____

_____

_____

_____

c) Cite outras histórias sobre infidelidade que você conheça.

_____

_____

_____

Tempo e espaço

7. Faça uma reflexão sobre o tempo e o espaço das crônicas.

a) Elas se passam em um tempo determinado, datado? Explique.

_____

_____

_____

b) Elas ocorrem em um espaço determinado?

_____

_____

_____

_____

_____

_____

_____

8. Você concorda que a crônica "O vendedor de queijos" parece se passar em uma cidade pequena? Por quê?

_____

_____

_____

_____

_____

_____

9. Em "A patroa do Souza", não havia, no anúncio, o endereço para onde os interessados em conhecer a patroa do Souza pudessem se dirigir. Sendo assim, em sua opinião, como o primeiro interessado chegou à casa do Souza?

_____

_____

Linguagem

10. Em "Seu Sol, dona Lua", o autor faz uso de palavras e expressões relacionadas ao universo solar e lunar. Releia a crônica e preencha o quadro, identificando as palavras e expressões que pertencem a um e a outro universo:

Solar	Lunar

11. Juarez, de "O casamento de Juarez", é um homem avarento. Releia essa crônica e anote as palavras ou expressões que o autor usa para se referir a essa característica do personagem.

12. Explique, com suas palavras, que recurso o autor utiliza para fazer graça na crônica "Sede própria".

13. Nos textos da obra *O vendedor de queijos*, o autor emprega a linguagem coloquial. Por quê? Cite alguns exemplos.

A Formiga e a Aranha

A Formiguinha, cheia de si, acordou, respirou fundo e concluiu:
— Não há ser menor que eu neste quintal!
Mas, para confirmar sua conclusão, saiu a Formiguinha para uma pequena pesquisa no quintal da casa onde residia:
— Sabia, dona Aranha, que não há ser vivo menor do que eu? Sabia?
A Aranha respondeu ironicamente:
— Ora, ora, dona Formiguinha! O que está me dizendo? Bem sei que há outros seres menores que a senhora! Pois sim, pois sim!
— Se há — disse a Formiguinha —, diga-me: quem?
— Bom, vejamos: o seu Piolho, a senhorita Pulga...
A Formiguinha balançou a cabeça de um lado para o outro, interrompendo a Aranha.

— Não, não, não. Eu sou menor que todos, dona Aranha! Por acaso, a senhora já percebeu que o seu Piolho e a senhorita Pulga não mais apareceram por aqui?

A Aranha, num tom de curiosidade, perguntou:

— É mesmo? Por onde andarão eles?!

A Formiguinha foi categórica:

— Eu mesma os matei! Diga-me agora, dona Aranha, sou ou não sou o menor ser deste quintal?

A Aranha, indignada com a atitude malvada da Formiguinha, falou:

— Não! É o senhor Mosquito o menor ser deste quintal!

— O Mosquito?! — estranhou a Formiguinha. — Mas como? Logo se vê que ele é bem maior do que eu! Nem se compara! A senhora acha mesmo?

A Aranha foi decisiva:

— Acho!

Descrente, a Formiguinha quis tirar a prova. A Aranha aproximou-se da Formiguinha, cerrou o punho e tacou-lhe um sopapo na cabeça, fazendo-a desgrudar do corpo e cair em cima do pobre do Mosquito, que tirava uma soneca despreocupada. A Aranha voltou para sua teia dizendo em voz alta:

— É, a Formiguinha tinha razão! O Mosquito não é o menor ser, não. É a dona Joaninha!

MORAL: EM BOCA FECHADA, MOSQUITO NÃO ENTRA.

Pega ladrão!

A mulher saiu do supermercado carregando uma sacola. O menino começou a segui-la. Era negro, devia ter onze, doze anos. A mulher, uma quadra após, notou que ele a seguia. Com medo, apressou o passo. O menino também. Ao dobrar a esquina, começou a correr. Ele, para não perdê-la de vista, fez o mesmo. Enquanto corria, gritava:

— Dona, espera, dona!

A mulher, amedrontada, tentava de todas as maneiras se distanciar do pivete. Mas ele era rápido.

Cansada de tanto correr, não aguentou e parou. Com uma garrafa empunhada, disse com voz ofegante:

— Não se atreva a chegar perto!

O menino não entendeu e se atreveu:

— A senhora não quer...

Antes mesmo de ele completar a frase, ela gritou:

— Socorro! Socorro, ladrão!

Uma multidão se formou rapidamente em volta da mulher. O menino, mais apavorado do que ela, saiu em disparada.

— É ele! É ele! — gritava, com o dedo apontado para o fugitivo.

Algumas pessoas correram atrás:

— Pega ladrão! Pega ladrão!

O garoto não conseguiu escapar. Formou-se um círculo ao seu redor. O guri, encolhido no centro, era acusado por todos. Começaram os pontapés. Cada pessoa que se aproximava deixava a sua marca na indefesa criaturinha.

Foi levado agonizante para o hospital. No caminho ainda se pôde ouvir:

— Eu só queria carregar a sacola! Eu só queria...

Sede própria

A ABB (Associação dos Bons Bebedores), mais conhecida por aí como a "Bebe", teve a feliz ideia de promover uma festa com a finalidade de angariar fundos para a sede própria.

O dia da festa estava chegando e o pessoal da "Bebe" já havia vendido tudo quanto era ingresso. A propaganda do pessoal da associação alcançou grande êxito, pois até mesmo a fina flor da sociedade adquiriu o seu bilhete de entrada.

Enfim, pra encurtar a história, o dia chegou. À noite, lá pelas tantas, uma confusão se formou na porta do Clube Social. Era gente saindo pelo ladrão! Porém, sem ninguém poder entrar, já que não havia nenhuma festa programada pra mais de mês. Era tudo papo furado da turma da Associação dos Bons Bebedores, a "Bebe".

Os convidados, principalmente aqueles da fina flor, foram tirar satisfação com o presidente em exercício da "Bebe" (o presidente titular estava se tratando de uma cirrose hepática). E lá foram eles ao bar do Mané, boteco estritamente familiar, onde aconteciam as reuniões dos associados. Um sujeito mais exaltado, cidadão conceituado do lugar, foi quem tomou as primeiras dores.

— E o diabo da festa? — gritou ele ao presidente em exercício. — Não ia ser hoje?

— Ia não, é! Não está vendo? — indagou o presidente em exercício com um copo de cachaça na mão.

— Estamos todos aqui comemorando!

— Comemorando o quê?! — estranhou um outro conceituado. — Cadê a festa? Cadê o nosso dinheiro?

— Ora essa! — exclamou o tesoureiro da "Bebe". — O dinheiro está sendo empregado na sede própria!

Ele, o tesoureiro, levantou-se, ergueu o copo de cerveja e falou aos associados:

— Tamos com sede ou não tamos, pessoal?

E, numa só voz, todos responderam:

— Taaammmoooossss!!!!

Depois dessa, o tesoureiro brindou:

— Então vamos beber pra matar nossa sede própria!

Morreu de gaiato

Esta é daquele sujeito que tinha pavor de avião. Na hora do embarque, a mulher tentou tranquilizá-lo com frases do tipo: "É o transporte mais seguro do mundo", "Dificilmente um avião cai", "O ônibus é mais perigoso", enfim, "essas bossas" (segundo o grande Stanislaw Ponte Preta).

A mulher deu um último adeus quando o avião decolou. Lá dentro (do avião), o sujeito suava frio. Como era de esperar (senão não haveria história), o avião apresentou um defeito numa das turbinas. O comandante tentou acalmar os passageiros, mas não adiantou. Um outro problema fez parar outra turbina.

O avião começou a perder altitude. Enquanto isso, o nosso amigo, desesperado, apelou para a oração. Implorou ao Superior que o salvasse daquela trágica situação. Comovido, o Supremo dirigiu-lhe palavras de consolo.

— Não se preocupe, meu filho — disse o Maioral. — Fique tranquilo que ainda não chegou o seu dia!

Dito isso, o sujeito nem parecia o mesmo. Abriu o jornal (e o avião caindo) e pôs-se a lê-lo calmamente, como se nada estivesse acontecendo, enquanto os outros passageiros gritavam, choravam, esperneavam.

Mas não deu outra. O avião chocou-se ao solo, explodindo em seguida. Nem mesmo a caixa-preta sobrou pra contar a história.

No céu, o sujeito foi tirar satisfação com o Chefe:

— O Senhor disse que nada aconteceria a mim! Que não era o meu dia ainda! Como se explica isso?!

— Ora, meu filho — respondeu o Grande —, que culpa tenho eu se era o dia do piloto?!

O vizinho do Luisinho

O garotinho tava batendo bola na calçada, quando soltou uma bicuda na redondinha, que atravessou a rua para, finalmente, quebrar a vidraça da farmácia.

Desesperado, o garotinho correu, com a bola debaixo do braço, para casa, escondendo-se dentro do guarda-roupa.

Em pouco tempo, toda a vizinhança já estava sabendo do ocorrido.

O garotinho, seu nome era Carlinhos, passou o resto do dia trancado dentro de casa.

No final da tarde, o pai do Carlinhos chegou. E, já ciente do fato, foi ter uma conversa com o filho.

— Carlinhos, venha cá! — chamou o pai.

O menino foi. Estava pronto pra levar uma surra quando, de repente, teve uma ideia genial.

— Que é, pai? — perguntou, calmamente, o Carlinhos.

— É verdade o que estão dizendo por aí? Que você quebrou a vidraça do seu Frederico da farmácia? — quis saber o pai.

— Ué, quem contou isso pro senhor, pai? — perguntou, cinicamente, o Carlinhos. E, sem remorso nenhum, continuou: — Tá todo mundo sabendo que foi o vizinho, pai!

— O vizinho?! — estranhou o pai. — Se você estiver mentindo, vai apanhar dobrado, ouviu?

— E se não tiver? O senhor promete que não vai me bater? — perguntou o Carlinhos.

— Ora, se foi mesmo o vizinho, não poderei fazer nada.

— O senhor promete? — perguntou novamente, só para confirmar.

O pai prometeu. E lá foram os dois à casa do vizinho tirar a prova. O pai dirigiu-se ao filho do vizinho:

— O Carlinhos me disse que foi você quem quebrou a vidraça da farmácia, é verdade?

O vizinhozinho, seu nome era Luisinho, negou de pé junto que não tinha sido ele. Que quem quebrara a vidraça tinha sido o Carlinhos. Que qualquer um da rua podia provar. Testemunha não faltava. Que até mesmo o seu Frederico tinha visto.

Depois dessa ladainha toda, o Carlinhos falou:

— Ora, pai, eu não menti. Eu falei que quem quebrou o vidro foi o vizinho, não foi?

— Foi — respondeu o pai.

— Então, pronto! Quem é o vizinho do Luisinho?!

Na praça

Eram nove horas da noite. O filho chegou assustado em casa. Parecia ter visto um fantasma ou coisa assim. O pai estava sentado, assistindo à novela.

— Pai, o senhor precisava ter visto! — disse o menino.
— Visto o quê? — perguntou, curioso, o pai.
— Lá na praça, pai, eles tavam se beijando debaixo da árvore e...
— Ora, filho, mas isso é normal — interrompeu o pai. — São apenas namorados. Quando você ficar maior, também vai ter a sua namorada. É assim mesmo, não precisa ficar espantado.
— Mas, pai...
— Vou te dizer uma coisa, filho — interrompeu o pai novamente. — Quando o papai era jovem e namorava a mamãe, também era assim. A gente ia passear na pracinha e ficava debaixo da árvore se beijando. É saudável!

— Eu sei, pai, eu sei. Mas, depois que o senhor casou, ainda continuou namorando a mamãe debaixo da árvore?

— Bom, aí é diferente. Depois que a gente casa, o negócio muda de figura.

— Como assim?

— A gente namora, mas não como antigamente. A vida muda. No começo é como se não tivesse mudado, mas depois vêm os filhos, vêm outras responsabilidades e a gente acaba namorando em casa. Deu pra entender?

— Mais ou menos — respondeu o guri.

— Como, mais ou menos? — perguntou o pai.

— É que o senhor disse que, depois que a gente casa, a gente namora dentro de casa, não é assim?

— É, mais ou menos isso.

— Então, por que a mamãe tá namorando lá na pracinha?!

Um furo furado!

— E então, conseguiu ver alguma coisa?
— Assim, assim...
— Como assim? Viu ou não viu?
— Bem, na verdade, ver mesmo, eu não vi. Mas perguntei prum sujeito que estava do meu lado.
— Ah, bom! E como foi? Que é que ele disse?
— Nada. Ele nem sabia do que eu estava falando.
— E agora? Como é que fica? O que vamos fazer?
— Calma, calma! Eu não sou bobo, rapaz! Perguntei pra outro sujeito.
— Beleza! Realmente de bobo você não tem nada, hein? E aí?
— O cara tinha chegado àquela hora também. E nada!

— Nada?!

— Nadinha de nada!

— Tinha muita gente?

— Ih, rapaz! Tava assim, ó! Era gente saindo pelo ladrão!

— E não perguntou pra mais ninguém?

— Claro!

— E então?

— Rapaz, você me conhece, né? Quando saio pra trabalhar, eu vou até o fim! É o meu dever ou não é?

— É! É! E daí?

— Daí, eu saí na batalha, você entende?

— Entendo, entendo! Não enrola, rapaz!

— Tá bem, tá bem. Como tinha gente pra burro, eu saí perguntando de boca em boca, tipo detetive!

— Conseguiu a informação?

— Assim, assim...

— Caramba! Como assim?! Conseguiu ou não conseguiu?

— Bem, conseguir mesmo, eu não consegui, mas...

— Ai, meu Deus!

— Calma, calma!

— Como, calma?! Você saiu pruma missão importante e me volta de mãos abanando?

— Mas consegui algo importantíssimo que eu não sabia!

— O quê? O quê?

— Descobri que tava no lugar errado!

Uma chata de galocha

Estava confortavelmente acomodado em minha poltrona quando ela veio se sentar ao meu lado. Devia pesar — assim a olho nu — uns cento e dezessete quilos, novecentos e trinta e seis gramas. Após uma breve luta para se "encaixar" na poltrona, disse:

— É abafado aqui, hein? Acho que tô um pouco nervosa!

— É, é assim mesmo — respondi sem dar muita atenção.

Mas ela não se deu por satisfeita:

— O senhor sabe como é, né? Eu não estou muito acostumada.

— Sei — respondi friamente, para ver se ela se mancava.

Não se mancou:

— O senhor fuma?

— Não. E é proibido.

— Ah, bom! É que eu fico um pouco enjoada... — Fez uma pausa, colocou a mão na boca (do jeito que a gente coloca quando quer arrotar e não pode) e continuou: — Veja o senhor...

Não quis ver, mas não adiantou:

— Veja o senhor. Quando estou em casa e ouço um barulho de avião, já fico tremendo de medo! Pois imagine agora, então?

— Imagino. — E virei o rosto para o lado.

Também não adiantou. Levei um cutucão que quase me fez levantar da poltrona:

— Imagina nada! O senhor tem cara de quem não tem medo de avião, né? Eu tenho. E muito! Prefiro viajar de ônibus. O senhor não acha mais seguro?

— Acho, mas...

Não deu tempo de completar:

— Mas o senhor prefere avião, né? Prefere?

— Prefiro, é mais confortável...

— O senhor tem bala de hortelã aí? Tô ficando meio enjoada...

— Já? Mas a senhora não viu nada ainda!

— Tá quase na hora, né?

— Tá.

— Ai, meu Deus!

Para aumentar o meu sofrimento, ela começou a rezar. E, só para descontar, ironicamente soltei:

— Prepare-se! Lá vamos nós!

A mulher deu um grito, levantou-se e saiu em disparada porta afora.

Não queria fazer isso. Mas só assim pude assistir, confortavelmente acomodado em minha poltrona, ao filme *Voo United 93*.

A cura

No consultório médico:
— O que o senhor sente? — pergunta o doutor.
— Nada — responde o paciente.
— Nada?!
— Pois é, doutor, nada. Nadinha de nada. Eu estou ótimo. Faz dez anos que não sinto coisa alguma. Estou apavorado, doutor!
— Nenhuma dorzinha?
— Nenhuma.
— Dor de cabeça?
— Nada.
— Tosse?
— Não.
— Gripe?
— Ah, quem me dera...
— Nem uma dorzinha de barriga de vez em quando?

— Nem.

— Hummm...

— Meu caso é grave, doutor?

— Tire a camisa para eu poder examinar melhor. Fuma?

— Não.

— Bebe?

— Água, suco natural, vitaminas...

— Pratica algum esporte? Natação, por exemplo?

— Sim, peito, costas, borboleta, clássico...

— Futebol? Vôlei? Basquete?

— Futebol, vôlei, basquete, judô...

— É, seu caso é grave!

— Muito?

— Muito.

— Tem cura?

— Às vezes... Só depende do senhor!

— O que tenho que fazer, doutor?

— Suas férias, onde costuma passá-las?

— Campos do Jordão.

— Péssimo.

— Por favor, doutor, o senhor precisa me ajudar! Sinto-me horrível!

— Calma, calma. Primeiro terá que mudar alguns hábitos, senão...

— Senão?!

— Senão teremos que interná-lo. Como disse, só depende do senhor.

— Farei tudo o que o senhor disser, mas me cure, doutor!

— Bom, primeiro terá que começar a fumar.

— Cinco por dia, tá bom?

— Vinte!

— E depois?

— Beber. Nada de sucos sem açúcar, nem vitaminas...

— Cerveja?

— Cachaça. Cerveja só enche barriga!

— Que mais?

— Nada de esportes. A não ser baralho, porrinha e bozó, está entendendo?

— Tô.

— Férias em Cubatão. Procure sempre, ao entardecer, respirar bem fundo aquele ar.

— Pode deixar, doutor! Seguirei à risca suas recomendações.

Dois anos depois:

— Doutor, sinto-me perfeito!

— Ótimo, ótimo! Conte-me tudo.

— Bem, em dois meses fiquei gripado. Peguei pneumonia logo após. Estou com uma tosse dos diabos! Acho que é tuberculose. Sinto dores nos rins. Deve ser a sagrada cachacinha!

— Vai ver é cirrose hepática!

— Tomara, doutor, tomara!

— Pulmão?

— Manchado, doutor!

— Ótimo!

— Enfim, sinto-me maravilhosamente bem! Agora sou uma pessoa normal! Muito obrigado, doutor!

— É — diz o médico, colocando a mão no queixo —, pra quem estava praticamente desenganado...

Triste fim da vaca Gertrudes

— A Gertrudes morreu! — gritou desesperadamente Durvalino pela casa adentro. — A Gertrudes morreu!

— O quê?! Você está assim por causa daquela vaca? — estranhou sua filha.

— Não fale assim da pobrezinha, minha filha! — retrucou Durvalino, já com os olhos cheios d'água.

— Ah, pai! — continuou a filha. — Você sabe muito bem que ela não passava de uma vaca! Vaca, sim!

Dona Conceição, com a fisionomia tristonha, tentava acalmar os nervos da filha:

— Ela tinha um bom coração, minha filha. Além do mais, ela nos ajudou por muito tempo aqui na fazenda, foi ou não foi?

Que foi, foi. Seu Durvalino, inconformado com a perda insubstituível — pois a Gertrudes já fazia parte da família —, foi tratar do velório da falecida.

Colocaram a pobrezinha estirada no centro da sala. Algumas velas iluminavam o seu redondo corpo. Os amigos mais chegados foram levar uma palavra de conforto à família.

— Puxa, como tá gorda, hein? — falou uma senhora ao ouvido da outra. — Quero ver na hora de colocar no caixão!

— A que horas ela morreu? — quis saber uma outra tapando o nariz com a mão.

— Sei não, mas o cheiro tá ficando forte! — respondeu o marido dela.

O cheiro foi aumentando. As pessoas começaram a se distanciar da falecida. Outras, porém, tentavam convencer o dono da casa:

— Tá ficando brabo o negócio, homem. Acho melhor enterrar.

Mas seu Durvalino foi categórico:

— Só enterro quando o padre chegar!

E nada de o padre aparecer. Devia estar ocupado com outra coisa, uma extrema-unção, um batizado, uma missa ou coisa parecida. E o cheiro aumentando, aumentando...

— Que fedô, meu Deus! Tá catinga pura! — reclamava um conhecido.

Pouco a pouco os amigos foram deixando o velório. Inventavam alguma desculpa, que o cheiro já era insuportável.

Até que não ficou ninguém na casa, a não ser a família: seu Durvalino, a mulher e a filha.

— E agora, como vamos enterrar? — disse o marido à mulher.

— Sei não — respondeu ela —, mas eu é que não fico mais nem um minuto aqui!

A mulher saiu levando consigo a filha. Somente Durvalino ficou velando o corpo da infeliz.

Vendo que mais nada poderia fazer, foi à cozinha, pegou duma faca e carneou a pobre da Gertrudes.

— Desculpe, Gertrudes! — E colocou os melhores pedaços no *freezer.*

— No outro dia, o padre chegou:

— Onde está a falecida?

— Mas o velório foi ontem, seu padre! — disse seu Durvalino.

— Ontem? — estranhou o padre. — Mas só recebi o recado hoje pela manhã!

A mulher interveio:

— Não tem importância, padre. Está tudo resolvido. Aproveite e fique para o almoço.

O padre ficou:

— Realmente estou morto de fome! O que temos para hoje?

Com os olhos cheios de lágrimas e o coração partido, seu Durvalino falou:

— Churrasco!

Cale a boca, Jorge!

Prometeu a si mesmo nunca mais falar.

— Isso é ridículo, Jorge! — espantou-se a mulher, após ter lido o bilhete entregue por ele.

Ele deu de ombros e saiu. Ainda era cedo para ir ao escritório, por isso resolveu caminhar.

— O senhor tem horas? — interpelou um transeunte, com cara de quem realmente está atrasado.

Jorge balançou a cabeça numa negativa. O outro ainda agradeceu, mas Jorge nada respondeu e continuou calado em sua caminhada.

Vez por outra, um conhecido o cumprimentava:

— Como vai, Jorge?

Apenas ia. Calado, carrancudo, casmurro.

— Tudo bem, Jorge?

E Jorge balançava a cabeça, cumprimentando o conhecido. No escritório, o pessoal, claro, estranhou. Nem sequer um bom-dia ele desejou aos colegas ao chegar. Os comentários foram muitos:

— Que é que houve com o Jorge, gente?

— Ih, aí tem coisa!

— Que cara mais sem educação, isso, sim!

— Deve estar com algum problema sério, né?

O pior é que não estava. Só não queria mais falar, nunca mais, apenas isso.

E, no outro dia, Jorge continuou calado. E no outro também. E no outro, no outro, no outro... O certo é que nunca mais, nunquinha mesmo, Jorge falou. A não ser certa vez, após muitos e muitos anos, quando já estava com 87 anos e se esqueceu da promessa que fizera:

— Querida...

Rapidamente a velha emendou:

— Cale a boca, Jorge!

Que pobreza!

Como a gente escuta por aí, pobre nasceu pra levar fumo. É que nem cachimbo!

Esta historiazinha é pobre de tudo. É pobre de espírito (o autor), é pobre de gente (os personagens), é pobre de conteúdo (a história).

Então, pra encurtar toda essa pobreza, vou relatar só o supra-sumo da coisa.

Vejamos: a família Silva (quase todo Silva é pobre) estava na sala pobre do barraco (desculpem-me a redundância), reunida com os amigos pobres, velando o corpo pobre de um pobre Silva. Choro vai, choro vem (também nem precisava chorar tanto, já que era uma boca a menos), enfim, levaram o pobre infeliz (pobre infeliz é covardia, hein?) pro cemitério. Nisso, um cidadão chamado Souza (tem diferença pra Silva?) não sabia o motivo do falecimento do pobre Silva e, curioso (todo pobre é curioso), perguntou pra um conhecido pobre da família:

— Desculpe, mas de que morreu o falecido?

— Coitado — respondeu ele —, foi desastre de avião!

— É, é triste! — lamentou o Souza. — Quando você menos espera, o avião cai. — E continuou: — Ele devia estar tranquilamente tomando o seu uisquezinho, hein?

— Que uísque, que nada! — esbravejou o pobre amigo da família pobre. — Ele tava é trabalhando na construção, de picareta e tudo, quando um maldito teco-teco caiu bem em cima dele!

Que pobreza!!!

O pecado

— Padre, pequei de novo!
— De novo?! Ah, meu filho, mas é a quinta vez nesta semana!
— Eu sei, padre, mas é que...
— Você a viu novamente, não é?
— Sim. E não só a vi como também...
— Também?!
— Eu não consegui resistir, padre... Ela estava deitada nuazinha, sem nada...
— Sem nada?
— Só com o travesseiro tapando a parte mais...
— Mas você prometeu que não iria acontecer de novo, meu filho.
— Não consegui, padre. Eu fiquei possuído pelo...
— Demônio! É o demônio, meu filho. Você tem que evitar as tentações de Lúcifer!

— Não adiantou, padre. Eu tentei, tentei, mas foi mais forte do que eu...

— Você tem que pensar em outras coisas, meu filho. Feche os olhos e pense em coisas belas, em...

— Eu já fiz isso, padre! Mas aquela imagem sempre volta em meu pensamento.

— Ela te provoca?

— Sim! Sim!

— Como? Quero dizer, com palavras?

— Nem precisa! O seu olhar diz tudo!

— Isso é grave, meu filho! Tente não olhar para ela...

— É pior, padre. Eu não sei mais o que fazer!

— Só há uma saída, meu filho.

— Qual é, padre? Qual é?

— É difícil para mim dizer isso, meu filho, mas...

— Mas o quê, padre? Mas o quê?

— Nem sei como te dizer, filho, mas...

— Diga, padre! Pelo amor de Deus, diga!

— Só lhe resta uma única saída, meu filho, é o...

— É o quê, padre?

— O divórcio, meu filho!

Os sapatos da freguesa

Isso aconteceu numa loja de calçados no centro da cidade. Eram três horas daquela tarde ensolarada, quando ela entrou:

— Pois não? — perguntou o vendedor com o rosto vermelho de suor. — Em que posso servi-la?

A freguesa, com seus noventa e poucos quilos, um metro e oitenta no mínimo, respondeu:

— Gostaria de olhar alguns pares de sapatos.

O vendedor já ia para o depósito da loja buscar alguns pares número 41, quando se lembrou de que estava cometendo uma indelicadeza e voltou para perguntar:

— Que número?

A freguesa tentou esconder suas banhas atrás da bolsa, murchou a barriga e, com o rosto virado para o lado, disse timidamente:

— 36.

— O quê?! — deixou escapar o vendedor. — Perdão — redimiu-se ele —, não escutei.

— 36 — falou novamente, sem encarar o vendedor.

— 36? A senhora tem certeza? — quis se certificar.

— Por quê? O senhor acha que eu calço mais do que isso?

— Não! É que eu imaginei...

— Imaginou o quê? — irritou-se a freguesa.

— A senhora disse 36, não é? Um momentinho só, vou buscá-los.

O vendedor foi ao depósito com a nítida certeza de que aquilo ia dar galho na certa.

Alguns minutos depois:

— Pronto, minha senhora. Aqui estão: número 36!

O vendedor retirou os sapatos da caixa e os entregou à freguesa.

— O senhor poderia me ajudar? — pediu ela.

Era o que ele temia ouvir. Foi aí que o vendedor suou de verdade. Não havia santo que fizesse os sapatos entrarem nos pés dela. Receoso, ele falou:

— Sinto muito, mas acho que estes são um pouquinho pequeninos para a senhora, não acha? Quem sabe é a forma...

A freguesa foi forçada a concordar:

— Talvez o 37?

— Humm, sei não, essas formas... Diria eu que o 41...

Sentindo-se ofendida, a freguesa não se conteve:

— O quê?! O senhor está me chamando de sapatão?! De pé de anjo?!

O vendedor tentou se desculpar de todas as formas. Inventou um monte de histórias esfarrapadas sobre os formatos dos sapatos da sua loja, até conseguir convencer a freguesa.

— Ah, bom! — disse ela. — Se é assim, não adianta nem buscar o 41. Traz logo o 43!

O baile

Um amigo convidou o Pompeu para o baile à fantasia.

— Só gente fina! Todas selecionadas! — disse o amigo, esfregando uma mão na outra.

— Mas como? E a minha mulher? E a sua? — indagou Pompeu, sem saber como o amigo iria fazer para comparecer à festa.

— Ora essa, invente qualquer coisa — disse o amigo. — Com a Teresa não teve problema. Ela caiu direitinho, meu caro! — E soltando uma risadinha irônica: — Se for, me avise, tá?

No caminho até sua casa, Pompeu ficou matutando uma maneira de convencer a mulher. Ao chegar, o plano já estava arquitetado:

— É isso aí, Susana! Reunião extraordinária no final de semana. Parto amanhã de manhã.

A mulher aceitou com toda a naturalidade do mundo. Fez as malas do marido. Logo ao amanhecer, beijou-lhe carinhosamente a face e desejou-lhe boa viagem.

Pompeu se encontrou com o amigo no barzinho de sempre. Bebericaram alguma coisa e combinaram que iriam juntos ao baile.

E foram. Pompeu de Batman, o amigo de Robin. Lá pelas tantas, o Batman estava atracado com a Mulher Maravilha. Depois dos atos heroicos, chegou a hora de retirarem as máscaras. Pompeu estava apreensivo. O dono da festa, fantasiado de Marylin Monroe, desligou o som e acendeu as luzes. Todos reunidos no centro da sala, retirou a peruca loura e gritou: "Já!".

Num só momento, os outros retiraram suas máscaras. Pompeu ficou perplexo ao ver a identidade secreta da heroína. Ela, por sua vez, não aguentou. De susto, desmaiou.

No outro dia, os advogados já estavam tratando da papelada do divórcio.

O binóculo

A mulher saiu para fazer compras. O marido ficou em casa lendo o jornal. O telefone tocou:
— Alô?
— Sua mulher se mandou, seu otário!
— O quê?! — disse o marido, já com o telefone do outro lado da linha desligado.
Algumas horas depois, a mulher chegava em casa com os pacotes nas mãos.
Naquele condomínio, não havia apartamento em que ele não tivesse passado esse tipo de trote. De binóculo, ficava olhando pela janela os moradores de outros blocos. Todas as vezes que alguma mulher saía de casa, ele pegava o telefone:
— Sua mulher se mandou, seu otário!
Até que descobriram de quem se tratava. Foi um deus nos acuda! Pois, se não bastasse a humilhação por que passou, quase foi

linchado. A sua mulher não estava em casa. E só ficou sabendo do ocorrido alguns dias depois, através da vizinha ao lado:

— Quase mataram ele, menina!

Furiosa, a mulher não se conteve:

— O quê?! Então era pra isso o maldito binóculo, hein?

A mulher o humilhou ainda mais. O marido já estava com a orelha quente de tanto ouvir sermão. Acabou jogando fora o binóculo, que caiu na sacada do apartamento de baixo.

A mulher nem assim o perdoou. Fez suas malas e desapareceu da sua vida.

Quando a mulher havia deixado o apartamento, o telefone tocou. O marido, desesperado, foi atendê-lo:

— Alô?

— Sua mulher se mandou, seu otário!

O galo e o despertador

Às seis horas da manhã, o galo cantou no quintal. João Totó acordou. Olhou no relógio de pulso e confirmou: seis em ponto!

Confiava piamente na pontualidade do galo. Era seu despertador. Podia dormir a qualquer hora da noite que, às seis da manhã, ele o acordava para o trabalho. Havia muito que o galo estava com ele e vice-versa.

Tomava o seu café e, antes de sair, passava no quintal e desejava-lhe um bom-dia. Seguia para o trabalho e só retornava de tardezinha. Chegando em casa, passava novamente no quintal para ver se o galo estava precisando de alguma coisa.

Até que, certa vez, o galo falhou. Eram nove horas quando ele cantou. João Totó acordou, olhou para o relógio, e:

— O quê?! Nove horas?

Foi ao quintal, e lá estava o galo de sempre. Não apresentava nenhum sinal de perturbação (ele era profundo conhecedor de galos).

"Quem sabe foi um descuido do galo", pensou ele. Talvez, no dia seguinte voltasse ao normal.

Não voltou. Na manhã seguinte, o galo piorou. Só foi cantar às dez.

— É, o galo tá velho! — disse com voz entristecida.

Resolveu, então, comprar um despertador de verdade. Era a única solução. Acertou o relógio para as seis e foi dormir.

Ao amanhecer, quando o relógio despertou, levou um susto tão grande que quase bateu as botas. Não estava acostumado com o ruído do relógio.

E nem se acostumou. Toda manhã levava um susto como se fosse o da primeira vez.

Foi daí que teve uma ideia genial. Foi ao quintal, colocou o relógio perto do galo e acertou-o para as seis da manhã.

O plano deu certo no primeiro dia. O galo, com o susto que levou, cantou mais alto do que de costume. Mas, no segundo, não deu outra, o galo não aguentou. Bateu as botas.

O assalto

Prometera ao netinho uma festa de aniversário. Foi ao supermercado mais próximo e comprou os ingredientes necessários para a confecção do bolo, dos doces, salgados e tudo mais. Na hora de pagar, preencheu um cheque e entregou-o ao caixa.

No caminho de volta, lembrou-se de passar no banco e verificar o saldo. Verificou... Não era suficiente para cobrir as despesas da festa. Preocupada, caminhou em direção à saída. Alguém a observava do lado de fora. Saiu do banco levando em cada mão um pacote de compras. Numa rua menos movimentada, foi interceptada por um elemento de óculos escuros, barba por fazer.

— Mãos ao alto! — falou calmamente o rapaz, empunhando um revólver.

A velha, assustada, tentou erguer os braços, sem deixar cair os pacotes.

— Eu disse mãos ao alto, não escutou? — disse o assaltante, impaciente.

A assaltada tentou explicar a situação:

— Como posso levantar as mãos se estão ocupadas?

O assaltante, fingindo ter experiência no ramo, falou:

— A senhora nunca foi assaltada?

— Não — respondeu ela.

— Pois bem — continuou o criminoso —, é fácil. A senhora coloque os pacotes no chão e erga os braços, entendeu?

A mulher fez que não entendeu. E pediu para o rapaz demonstrar:

— Faça o senhor primeiro, que aí eu aprendo, tá bom?

O assaltante, novato que era, demonstrou:

— Tá bem, mas preste atenção, tá?

— Tá.

— Me dê aí esses pacotes — pediu o assaltante. A mulher deu.

— Agora, segure minha arma um instantinho só.

A mulher segurou.

— É assim, ó! Tá vendo? Aprendeu?

— Aprendi. Quer ver? — perguntou a velhinha.

— Quero — respondeu o assaltante.

— Mãos ao alto! — disse a velha, apontando a arma para o assaltante.

— O quê?! — espantou-se ele.

— Eu disse mãos ao alto, não escutou?

O sujeito levantou as mãos. A velha continuou:

— Agora, passe todo o dinheiro!

O assaltante passou tudo o que ele havia roubado de outras pessoas. A velha, esperta que era, pôs o malandro para correr.

Antes de o banco fechar, ela fez o depósito em sua conta e garantiu a festa do netinho.

A patroa do Souza

Se o amigo não o segurasse, ele cairia no chão. Meio tonto ainda, mostrou o jornal ao amigo:

— Leia isto. — E indicou com o dedo um pequeno anúncio na seção dos classificados.

O amigo leu, achou um pouco estranho, mas falou:

— Por que essa cara? Isso não tem nada a ver com você, Souza.

— Como não?! Você não está vendo? Está escrito aí: "Venha conhecer a minha patroa. Tratar pessoalmente com o Souza". E você ainda diz que não tem nada a ver comigo?! Tá na cara que esse Souza do jornal sou eu! Tá na cara!

O amigo do Souza conhecia muito bem a mulher que o outro tinha em casa. Realmente era muita areia para o caminhão dele, mas... Mas aquilo era brincadeira de alguém, pois nem o endereço nem o telefone havia no anúncio. E, além do mais, quantos e quantos Souzas não estariam, nesse exato momento, lendo o mesmo anúncio?

— Esse Souza sou eu, homem! — teimava o Souza. — Duvido que algum outro Souza tenha uma patroa tão... tão... Ah, se eu pego o...

No momento em que ele ia soltar um palavrão, maldizendo o safado que havia feito aquela brincadeira de muito mau gosto, a campainha tocou:

— Pois não? — disse o Souza, ainda furioso. E o outro à porta, com o jornal na mão:

— Vim por causa do anúncio...

Papai Noel duma figa!

Antes de tudo, quero deixar bem claro que não acredito em Papai Noel nem faço xixi na cama!

Mas, para tirar um grande peso da minha consciência, coloquei meu único par de sapatos (cromo alemão) na janela do meu quarto. Era véspera de Natal. Posto, fui deitar-me. Dormi tranquilamente. O quê? Não dormi? Ora... Tá bem! Não dormi. Passei a noite inteira à espera do bom velhinho. Estava ansioso para conhecê-lo. Fiquei me perguntando o que ele iria trazer para mim. Que presente ganharia? Parecia uma criança à espera dum carrinho ou duma bola de futebol. Ouvi um barulho esquisito. Pensei: "Deve ser ele!". Posicionei-me a um canto para que não me visse e fiquei a espiá-lo. Pé ante pé, um vulto se aproximava da minha janela. Notei que carregava algo nas costas. Seria o seu saco de brinquedos? Quanto mais se aproximava, mais eu ficava apreensivo. Estava muito escuro para ver o seu rosto. Mas eu não tinha dúvida, era ele mesmo. Quando chegou perto da janela, tremi de emoção e felicidade. Pude reparar que usava barba. Retirou meus sapatos da janela. Pensei: "Agora vai colocar o meu presente dentro dos sapatos!". Não colocou, aliás, pôs os meus sapatos dentro do seu saco e saiu em disparada.

"Desgraçado", gritei. "Volta aqui, Papai Noel duma figa!"

Bom, na verdade eu nunca acreditei mesmo! Fui deitar-me, fulo da vida. Para descarregar minha raiva, novamente gritei: "Papai Noel duma figa!". Quando acordei, minha cama estava ensopada!

Quem matou Abel?

O inspetor escolar, para verificar o conhecimento geral dos alunos, entra na sala de aula. Interrompe a professora de Ensino Religioso e pergunta:
— Alguém sabe me dizer quem matou Abel?
A sala permanece em silêncio. Ninguém se atreve a responder. O inspetor insiste na pergunta, agora dirigindo-se a um aluno:
— Pedrinho, quem matou Abel?
O Pedrinho, suando frio, responde:
— Juro pro senhor que eu não fui. Não ando nem com estilete no estojo porque é perigoso!
O inspetor, surpreso com a resposta do aluno, dirige-se à professora:
— Dona Marlene, a senhora ouviu o que ele disse?
— Ouvi, sim, senhor, seu Percival, mas eu conheço o Pedrinho desde que nasceu. Se ele disse que não matou, é porque não matou! Esse guri aí não mente, pode ter certeza.

Indignado, o inspetor sai da classe e se encaminha à diretoria:

— Dona Gertrudes, eu exijo uma explicação!

A diretora, estranhando o procedimento do inspetor, pergunta:

— O que aconteceu, seu Percival?

— Eu fui à sala da professora Marlene e perguntei a um aluno quem tinha matado Abel. E sabe o que ele me respondeu? Que não havia sido ele. E o pior de tudo é que a professora concordou!

A diretora coloca a mão no ombro do inspetor, tentando acalmá-lo:

— Olha, inspetor, eu não conheço muito bem o menino, mas se a professora disse que não foi ele, o senhor pode ficar tranquilo. E, no mais, aquele menino é uma criança, ele não faria uma coisa dessas.

Enfurecido, o inspetor vai à Secretaria de Educação. No gabinete do secretário, relata, tintim por tintim, toda a história:

— E foi isso o que aconteceu. Dá pra acreditar?

O secretário, abismado com o acontecido, não quis acreditar:

— O senhor tem certeza? É muito difícil acreditar que uma criança tenha cometido tal crime! Talvez fosse melhor entregar o caso à polícia. Tenho certeza de que o delegado tomará todas as providências necessárias.

Desesperado, o inspetor invade a sala do governador. Ele, por sua vez, ouve toda a história. No final, tenta tranquilizá-lo:

— Pode ficar tranquilo, senhor Percival. Nós acharemos o verdadeiro culpado. A justiça falha, mas não tarda! Quero dizer, tarda, mas não falha! Pode ter certeza de que quem matou Abel será punido, eu prometo!

O inspetor está agora totalmente transtornado:

— Pelo amor de Deus! Eu não posso acreditar no que estou ouvindo!

Sem se preocupar com o local, ele grita:

— Caim e Abel eram filhos de Eva! O senhor nunca leu a Bíblia?!

O governador, aliviado, dá uma bronca no inspetor:

— Ah! Está na Bíblia, é? Ora, então já devem ter arquivado o processo! Eu tenho mais o que fazer, passar bem!

O pesadelo

Com o suor escorrendo pelo rosto e os olhos arregalados, acordou no meio da madrugada. Era sempre assim, não podia ver um filme de terror ou suspense que suas noites de sono tranquilo se transformavam em pesadelo. Olhou assustada para o marido, que roncava despreocupadamente. Chegava a ser irritante o barulho que ele fazia. Foram várias noites em claro, até se acostumar com o ronco do marido. Para ela aquilo era pior que o pesadelo que tivera. E não era só o ronco que a incomodava, também a sua fisionomia, os seus modos, o seu corpo grande e desajeitado, a sua voz esganiçada.

E naquela noite ela tivera um pesadelo! Lembrou-se, porém, de que não havia assistido a nenhum filme de suspense, quanto mais de terror. Por que teria sonhado, então? Essa pergunta não saiu da sua mente durante o resto da noite.

Na madrugada seguinte, outro pesadelo. Não conseguia achar uma explicação coerente para o que estava acontecendo. Sua vida tornou-se um inferno. Pesadelos durante o dia, por causa da presença incômoda do marido. Pesadelos durante a noite, quando dormia.

E, noite após noite, o mesmo pesadelo a perseguia. Resolveu procurar um psicanalista. Talvez resolvesse o seu problema. Telefonou para o consultório e conversou rapidamente com a secretária para marcar uma sessão:

— Seis horas, tá bom? — perguntou a secretária.

— Às seis eu não posso — respondeu ela —, meu marido está fazendo um programa novo na televisão e eu tenho que assistir a ele todas as tardes.

Pena de morte... lenta

Em Lisarb, certo rico país pobre do Terceiro Mundo, mais precisamente numa certa capital, acontecia um certo julgamento.

— Condeno o réu à pena de morte! — sentenciou o Juiz, batendo com o martelo na mesa.

— Ufa! — respirou, aliviado, o réu, abrindo um largo sorriso de satisfação.

O Juiz complementou:

— Morte lenta!

— O quê?! — gritou o réu. — Isso, não! Morte lenta, não!

Aos berros, o condenado foi reconduzido a sua cela. A execução foi marcada para o dia seguinte. Nessa noite, sonhou que estava sentado numa cadeira elétrica, ora cantando, ora assoviando.

Foi um sonho lindo. Mas, de repente, o sonho tornou-se pesadelo.

Agora, estava sentado naquela salinha maldita, morrendo aos poucos. Acordou sobressaltado, com o suor escorrendo pelo rosto. Não mais conseguiu dormir. Com os olhos fixos no nada, começou a lembrar as barbaridades que cometiam naquela salinha. A morte era lenta, cada vez mais dolorosa, até o ponto de tornar-se insuportável. Parecia que cada parte do corpo ia sendo devorada aos poucos.

No outro dia, às três da tarde, ele já estava pronto. O padre veio trazer-lhe uma palavra de conforto:

— Acreditas em Deus?

— Em Deus acredito; nele, não! — disse, visivelmente perturbado.

Colocaram-no na poltrona. Amarraram as mãos e os pés. De nada adiantava contorcer-se. Estava totalmente imóvel, preso àquela cadeira. Uma televisão estava a sua frente. Abaixo, o DVD *player*. Todos saíram correndo da salinha quando o carrasco colocou o DVD e ligou a tevê.

Começou a tremer, como se estivesse levando choques de alta tensão, quando ouviu as primeiras palavras pronunciadas por um certo senhor de certa barba grisalha:

— Companheiras e companheiros...

"ESTA É UMA OBRA DE FICÇÃO. QUALQUER SEMELHANÇA COM PAÍSES, PESSOAS, DISCURSOS OU ACONTECIMENTOS REAIS TERÁ SIDO MERA COINCIDÊNCIA."

O que está acontecendo?

Eram seis e meia da manhã quando ele acordou. Olhou para a mulher, que dormia despreocupadamente. Virou-se, assustado, para o despertador:

— Droga, não se pode confiar nesta porcaria! — E jogou-o contra a parede.

A mulher continuou dormindo. Mais do que depressa, levantou e colocou o terno, não dando tempo para tomar o sagrado banho matinal.

Na cozinha, requentou o café, tomando-o num só gole. Saiu às pressas para o ponto de ônibus, levando consigo um pedaço de pão dormido.

Eram sete e quinze, quando o ônibus parou no ponto:

— Meu Deus, é hoje que perco o emprego!

Depois de alguns minutos, reparou que o ônibus estava praticamente vazio. Seis ou sete pessoas se espalhavam pelo veículo. Umas lendo jornal, outras apreciando a paisagem.

— Santo Deus, o que está acontecendo?

Quando saltou, andou por mais dois quarteirões até chegar à repartição. Algumas pessoas passavam por ele com fisionomias alegres, sem aquela pressa costumeira.

— Que pessoal estranho!

Na repartição, uma surpresa: fechada?!

Bateu na porta, esperando que alguém viesse atendê-lo. Mas nada. Não havia vivalma que pudesse informá-lo do que estava acontecendo.

— Será que estou sonhando?

Tudo estava fechado, até mesmo os bancos. Somente os bares, as lanchonetes e sorveterias estavam atendendo.

— Será o fim do mundo?

O sol queimava-lhe o rosto. Afrouxou o nó da gravata, retirou o paletó e carregou-o nas costas.

Eram onze horas da manhã quando voltou para casa. No quarto, a mulher ainda dormia. Desorientado, sacudiu-a nervosamente:

— O que foi, homem de Deus?

— Está acontecendo algo esquisito lá fora, querida!

— Acontecendo o quê? — estranhou a mulher. — E o que você está fazendo de terno a uma hora dessa?!

— Estou voltando da repartição. A cidade está totalmente vazia!

— O que você foi fazer na repartição, posso saber?

— Ora, querida, fui trabalhar!

A mulher virou-se de lado e, sem dar grande importância ao marido, falou:

— Acho melhor você procurar um médico, meu bem!

— Também acho. Vou marcar uma consulta agora mesmo!

Foi aí que a mulher caiu na risada:

— Acho melhor você ligar amanhã, que é segunda-feira!

Bancando o coronel

Seu Tavares trafegava tranquilamente com seu carro pela avenida quando o guarda de trânsito o mandou encostar:
— Por favor, senhor, os documentos!
Seu Tavares quis saber o porquê da atitude do guarda, pois, a seu ver, não estava transgredindo nenhuma lei.
— *Blitz* — respondeu calmamente o policial.
Seu Tavares enfiou a mão no bolso interno do paletó, onde costumava guardar sua carteira, e não a encontrou. Procurou por todos os bolsos da roupa que vestia, inclusive no porta-luvas do carro, mas nada.
O guarda, pacientemente, aguardava a apresentação do documento do veículo e da carteira de habilitação.

Enquanto isso, seu Tavares tentava, de todas as maneiras possíveis, enrolar o policial, procurando novamente nos bolsos do paletó e da calça. Nem assim o guarda perdeu a calma:

— Por favor, senhor, os documentos!

Vendo que não tinha como escapar daquela embaraçosa situação, seu Tavares, com uma fisionomia séria, ordenou:

— Posição de sentido ao se dirigir a um superior, soldado! Com quem você pensa que está falando? Saiba que sou coronel!

O guarda não apresentou sinais de surpresa. Mas, por via das dúvidas, prostrou-se em posição de sentido, batendo, até mesmo, uma continência. Seu Tavares abriu um discreto sorriso, pensando estar livre da encrenca. Mas, após a continência, o guarda continuou:

— Por favor, os documentos, senhor! Seu Tavares não entendeu o procedimento do policial:

— Parece que você não ouviu bem o que eu disse. Vou repetir: eu sou coronel! Entendeu?

O policial ficou novamente em posição de sentido:

— Entendi, sim, senhor!

Seu Tavares girou a chave da ignição para fazer funcionar o veículo, quando o policial tocou em seu braço:

— Por favor, senhor, seus documentos!

Foi aí que seu Tavares se irritou. Falou algumas bobagens como: punição, rebaixamento, transferência, exclusão, enfim, essas bossas.

Enquanto seu Tavares continuava tagarelando com intuito de intimidá-lo, o guarda aproveitou para chamar o guincho que estava estacionado logo na esquina. E não perdeu tempo, levou-o guinchado para o pátio do Detran, sem se importar com seu Tavares, que ainda permanecia dentro do veículo, gesticulando e resmungando asneiras.

Pois é, isso é para o brasileiro parar com essa mania de ser espertalhão e não bancar o "coronel" em toda enrascada que entrar.

Pai e filho

O pai estava lendo o jornal quando o garotinho entrou na sala e perguntou:

— Pai, cadê a chave do carro?

— Em cima da televisão — respondeu ele, sem tirar os olhos do jornal.

O garoto pegou a chave e saiu para a rua. Algum tempo depois, o pai se deu conta da asneira que tinha cometido.

Aflito, correu à garagem. Tarde demais, o carro já não estava mais lá.

Desorientado, saiu à procura do filho, correndo pelas ruas do bairro. A todos que encontrava pela frente perguntava se não tinha visto um carro de tal marca, de tal cor, com um garotinho loirinho, mais ou menos desse tamanho assim (ele indicava altura do menino com a mão), ao volante do veículo. E, pensando que o pai estivesse de gozação, alguns respondiam:

— Peraí, acho que passou, sim. Mas devia ter no máximo dois anos... Era ele?

— Passou, sim, a 140 km/h, de marcha a ré! Que guri, hein?!

E o pai, impaciente, mandava-os para aquele lugar.

Resolveu, então, acionar a polícia. Mas nada de encontrar o menino.

E quem poderia imaginar que um garoto de seis anos soubesse dirigir?

"Só pode ter sido a mãe dele! Aquela irresponsável...", pensou o pai.

Lá pelas tantas, cansado de tanto procurar, voltou exausto para casa. A mulher estava na varanda, regando as plantas, quando o marido chegou.

— Que cara é essa, homem de Deus?! — perguntou a mulher, preocupada com o estado lastimável do marido.

Ele mal conseguia falar de tão nervoso que estava.

A mulher tentou acalmá-lo, dizendo que o filho estava no quarto, e de castigo!

— Castigo?! — estranhou o pai. — Mas eu o vi pegando a chave do carro e...

— É por isso mesmo! O danadinho riscou todo o carro do vizinho, tentando abrir a porta!

Foi aí que o marido se lembrou de que seu carro estava estacionado numa rua do bairro vizinho por falta de combustível.

Aliviado, o pai apertou fortemente o menino contra o seu peito e deu um beijo demorado em sua bochecha rosada.

O filho, malandrinho, abriu um pequeno sorriso, pensando estar livre do castigo. E, antes de o menino falar alguma coisa, o pai foi mais rápido:

— Vai ficar aí de castigo o resto do dia, viu?! — E saiu do quarto com um largo sorriso estampado no rosto.

O cachorro do Gumercindo

— Foi aquele cachorro do meu vizinho, doutor! — disse, exaltado, seu Alcebíades ao delegado de polícia.

— Explique-se melhor — falou o delegado. — O que ele cometeu de tão grave assim para o senhor procurar a polícia?

— Ah! Doutor delegado! Se eu relatar tudo o que aquele cachorro safado me aprontou, vamos ficar aqui o dia inteiro!

— Só que eu não posso tomar nenhuma providência, se o senhor não me der um motivo justo.

— Está bem. Vou lhe contar tudo o que aquele cachorro fez para a minha família, doutor!

— Assim é melhor! Anote aí — pediu o delegado ao escrivão.

— Bom, seu delegado, pra encurtar a história, ele pegou a minha mulher e....

— O senhor viu?

— Tava chegando na hora, doutor! Tadinha dela...

— Que mais?

— No outro dia foi a minha filha!

— O senhor tem certeza?

— Eu vi, doutor, eu vi!

— E aí?

— E não ficou por isso...

— Tem mais?

— A minha sogra, doutor!

— A sogra também?

— Nem ela, doutor, ele perdoou!

— É um cachorro mesmo, hein, seu Alcebíades?!

— Se é, doutor, se é! Até que a sogra, eu não me importei muito, o senhor sabe como é, né?

— É, sogra é sempre sogra...

— Pois é, doutor, o senhor tem que fazer alguma coisa! Isso não pode continuar!

— Sei, sei. Fique tranquilo, que nós vamos tomar algumas providências...

— É bom mesmo, doutor! Senão, eu acabo com a raça daquele cachorro!

— Não faça isso, seu Alcebíades! A lei existe para ser cumprida! Nós daremos um jeito no desgraçado!

No outro dia, a polícia foi à casa do seu Gumercindo:

— O senhor queira me acompanhar! — ordenou o delegado, colocando, imediatamente, as algemas no infeliz.

Depois de ouvidas as vítimas, o delegado não teve outro jeito:

— Teje preso, seu cachorro!

Seu Gumercindo não entendeu nada. Nem seu Alcebíades, nem as vítimas.

Enquanto isso, no quintal do Gumercindo, o cachorro latia, desesperadamente, com saudades das mordidas que dera nas nádegas da sogra, mulher e filha do seu Alcebíades.

A nova vida do seu Joaquim

Esta historiazinha começa a fazer sentido depois que o seu Joaquim resolveu fazer uma operação nos olhos. Após insistentes pedidos da família, ele não teve outra alternativa:

— Tá bem, tá bem! Eu faço.

A família já havia programado uma festa na chácara para que, quando saísse do hospital, pudesse festejar sua nova vida.

E o pobre do Joaquim partiu descrente, quase ceguinho, para o hospital, a fim de fazer a tão esperada operação.

— Pior que isso não pode ficar, pai! — falou a filha mais velha, tentando convencê-lo de que seria uma boa ideia.

— Vai dar certo, tio! Vai dar certo! — incentivou um sobrinho.

— É isso mesmo, meu velho! — concordou dona Vandermira, mulher do seu Joaquim.

O prato preferido do velho era carneiro. E não deu outra. Quem iria pagar o pato era o carneirinho que há muito vivia na chácara do seu Joaquim.

Enfim, o velho foi operado:

— Podem ficar calmos! Tudo correu às mil maravilhas, graças a Deus! — tranquilizou o médico responsável pela operação.

Mal seu Joaquim havia retirado as vendas dos olhos, a família organizou a festa. O difícil mesmo foi capturar o carneiro. E seu Joaquim, querendo mostrar serviço, foi ajudar na perseguição do infeliz:

— Pega ele, vô! Pega! Passou perto do senhor! — gritou um netinho, divertindo-se com a situação.

— Passou é? — disse o avô. — Pra onde ele foi? Pra onde?

— Tá debaixo da carroça, pai! Bem aí na sua frente! — indicou o filho mais novo.

— Carroça? Mas que carroça?!

Todos os moradores saíram à rua quando o Grand Circo Holandês voltou à pequena cidade de São Sinfrônio da Serrinha.

A chegada foi bonita. Palhaços, acrobatas, domadores, bailarinas cantavam, pulavam, faziam piruetas para o público, enquanto a meninada se divertia correndo atrás deles, acompanhando o cortejo.

O circo ficou no mesmo local de outrora, avenida Terêncio Vilela, num pequeno terreno da prefeitura. De grande mesmo, o circo só tinha o nome: Grand Circo Holandês.

Dois dias depois, o Grand Circo já estava armado, pronto para receber a população de São Sinfrônio, mais conhecida como Fonfom pelos seus moradores.

Era a segunda vez que o circo se apresentava em Fonfom. E foi bem diferente da primeira. É que Lutecério Mendonça, proprietário do circo, havia proibido a entrada de Jão Paçoca e Zé Branca de

Neve. Qual o motivo da proibição? Ah! Vocês nem imaginam o sofrimento do homem quando o circo chegou aqui pela primeira vez. Que prejuízo, meu Deus!

Mas, para que saibam melhor o porquê da proibição, vou lhes relatar o acontecido.

Se não me falha a memória, foi no comecinho do ano passado. A alegria do povo foi a mesma. Uma lindeza de desfile! E dois dias depois, lá estava ele, armadinho da silva na avenida Terêncio Vilela. Coisa linda de se ver!

Vai daí que Lutecério teve a infelicidade de encontrar pela frente Jão Paçoca e Zé Branca de Neve, logo na noite de estreia. Eu estava lá. Até a metade do espetáculo tudo corria bem, uma boniteza que dava gosto de assistir! Se Jão Paçoca não tivesse gritado que o circo estava pegando fogo, o espetáculo ia ser uma coisa de louco. Nunca vi tamanha correria. Era uma quebração de cadeira, uma rasgação de lona. Mas até aí tudo bem. O feio mesmo foi quando Zé Branca de Neve teve a infeliz ideia de soltar os animaizinhos das jaulas. Não sobrou nada, tudo saiu em disparada. O velho leão, o urso pardo, os macaquinhos, até mesmo o cansado e maltratado elefante, o orgulho do circo. Lutecério Mendonça não acreditava no que estava vendo. O velho ficou desesperado. Só uma semana depois é que conseguiram capturar o último bichinho. Era o macaquinho Beleléu, que estava em cima da árvore, lá no quintal da casa do delegado Aniversarino Vieira.

E foi coberto de razão que Lutecério Mendonça proibiu a entrada dos dois no Grand Circo.

E não é que o homem armou um forte esquema de segurança ao redor do circo? Ficou praticamente impossível a entrada de Jão Paçoca e Zé Branca de Neve.

Mas o que Lutecério não sabia é que os dois haviam se mudado para Santa Ana da Cachoeirinha, cidade grande, lá pras bandas da Serra Comprida.

E vou dizer um negócio para vocês. Desta vez o espetáculo foi uma lindeza que não tinha fim! Tudo correu nos seus conformes. Lutecério tava que tava feliz:

— Graças a Deus, tudo correu tranquilo, né, seu prefeito?

— É mesmo, sô! E, por falar nisso, eu esqueci de dizer pro senhor que Jão Paçoca e Zé Branca de Neve se mudaram pra bem longe daqui!

— Mesmo? Ainda bem, seu prefeito, ainda bem! Assim eu não precisarei mais de toda aquela segurança. Hoje mesmo eu dispenso todo mundo.

E dispensou mesmo. Mas ainda bem que tudo andou direitinho.

O Grand Circo ficou uma semana aqui em São Sinfrônio da Serrinha — Fonfom para os moradores. E sempre de casa cheia. No final de semana, Lutecério Mendonça e sua comitiva levantaram poeira.

A chegada em Santa Ana da Cachoeirinha, mais conhecida como Santaninha pelos moradores, foi uma coisa louca de se ver! Palhaços, domadores, bailarinas...

O autor

Comecei minha carreira de escritor escrevendo crônicas, da mesma maneira que dei início à carreira de leitor, lendo crônicas. Fernando Sabino e Stanislaw Ponte Preta eram os meus ídolos na adolescência. Um dia, resolvi escrever a minha crônica, tinha 17 anos. Não era tão boa quanto as que eu lia, mas já era um começo. Insisti, ao mesmo tempo em que lia outros grandes cronistas de nossa literatura: Rubem Braga, Paulo Mendes Campos, Lourenço Diaféria, Leon Eliachar, Luis Fernando Verissimo. Passei, então, a escrever para jornais, o berço da crônica. Percebi que muitos que liam o que eu escrevia gostavam. O tempo passou, até que achei que estava na hora de vê-las em livro. Saiu, então, *Que azar, Godofredo!*, publicado pela Atual, em 1989. Em seguida, veio *O vendedor de queijos e outras crônicas*, lançado pela mesma editora. A crônica, para mim, é o texto ideal para quem deseja criar o hábito da leitura. É leve, curta e, acima de tudo, engraçada. Daí para o conto é um pulo. Do conto para o romance, outro pulo. Por esse motivo, sempre indico aos meus alunos (sou também professor de Literatura e Filosofia) livros de crônicas.

Nasci em Belo Horizonte, mas morei em outras capitais, como São Paulo, Cuiabá e Campo Grande. Hoje sou um homem do interior, moro há mais de quinze anos em Ribeirão Preto. Sou casado com a Elisa e temos três filhos, a Fernanda, a Clarissa e o Pedro, responsáveis pelos diversos livros infantis que tenho publicado. Atualmente, são mais de setenta títulos, para diversos públicos, e só tenho a agradecer a meus leitores!

Entrevista

O vendedor de queijos apresenta uma série de situações divertidas e reveladoras do nosso cotidiano. Nota-se que algumas de suas crônicas têm um sotaque ora mineiro, ora interiorano, provavelmente devido à trajetória de vida de Alexandre Azevedo. Que tal conhecer mais sobre esse autor lendo a entrevista abaixo?

Escrever é inspiração, trabalho ou ambos? Você tem algum tipo de disciplina ou rotina para desempenhar essa atividade?

- Escrever, para mim, é um exercício diário. Por isso, sinto, penso e escrevo. Às vezes, o que escrevo sai mais solto, mais fácil, talvez seja a tal da inspiração. O que sei é que, desde que comecei, nunca mais parei de escrever...

A carreira de professor lhe oferece material para sua literatura?

- Oferece e muito. A crônica nada mais é do que o flagrante do cotidiano transformado em ficção. Muitas crônicas minhas nasceram da convivência com meus alunos nesses vinte anos como professor.

Várias crônicas de *O vendedor de queijos* lembram anedotas, dessas que se costuma ouvir em rodas de amigos. Você concorda com essa afirmação? Você gosta de ouvir piadas, de contá-las ou de registrá-las?

• A trajetória da crônica é muito interessante. Ela nasceu como texto historiográfico. A nossa primeira crônica é "A Carta de Pero Vaz de Caminha". No século XIX, José de Alencar e Machado de Assis dão a ela uma nova roupagem, isto é, passa a ser história curta, própria para jornal. Mas é na segunda metade do século XX que ela se torna mais engraçada, com um elemento surpresa no final. Muitos a consideravam uma subliteratura, mas Rubem Braga, com seu humor lírico, desfez esse mal-entendido. Portanto, a crônica, por ser engraçada, lembra anedota, mas uma anedota lapidada. Quanto a ouvir piadas, quem não gosta? Porém, contá-las é uma arte, arte esta que não me atrevo. Sou muito tímido para isso, prefiro, então, escrevê-las.

NA CRÔNICA "BONS TEMPOS, AQUELES!", A VELHINHA RELEMBRA, COM SAUDADE, UMA MÚSICA DE SEUS TEMPOS DE MOCINHA. NOS ÚLTIMOS 50 ANOS, MUITAS COISAS MUDARAM NO BRASIL E NO MUNDO ALÉM DA MÚSICA. EM SUA OPINIÃO, ESSAS TRANSFORMAÇÕES TROUXERAM MAIS BENEFÍCIOS OU PREJUÍZOS AO MODO DE VIDA DAS PESSOAS? FALE UM POUCO A RESPEITO.

• Cada época tem o seu encantamento, o seu lado bom, mas, infelizmente, também tem o seu lado ruim. Não sou muito apegado àquelas sessões de nostalgia, tanto assim que pouca coisa guardo, por exemplo, de minha infância ou adolescência, mas também admiro aquelas pessoas que sabem quem foi a sua primeira professora... Quero deixar claro que não concordo de jeito nenhum com aquela famosa frase: "Quem gosta de coisa antiga é museu". Temos que saber aproveitar o que foi produzido de bom no passado da mesma forma que procuramos aproveitar o que é feito de bom em nossos dias. Talvez o mundo seja o mesmo desde os seus primórdios, talvez concorde com um conto (considerado o menor do mundo) de um escritor guatemalteco chamado Augusto Monterroso: "Quando acordou, o dinossauro ainda estava lá".

O POETA MARIO QUINTANA, EM "COMUNHÃO" (TEXTO PUBLICADO NO LIVRO SAPATO FLORIDO, GLOBO, 1948), DIZ: "OS VERDADEIROS POETAS NÃO LEEM OS OUTROS POETAS. OS VERDADEIROS POETAS LEEM OS PEQUENOS ANÚNCIOS DE JORNAIS". VOCÊ CONCORDA?

- Gosto do Quintana como gosto do Bandeira, do Drummond, do João Cabral, do Manoel de Barros, do Ferreira Gullar, do Affonso Romano de Sant'Anna. Aliás, são os grandes poetas do século XX. O humor misturado à ironia, presente na maioria, é marca registrada. Com Mario Quintana não foi diferente, portanto...

COMO ESCRITOR, QUAIS SÃO SEUS PLANOS? ATUALMENTE ESTÁ PRODUZINDO ALGUMA OBRA NOVA? PRETENDE PUBLICAR OUTROS LIVROS DE CRÔNICAS EM BREVE?

- Não paro de escrever, escrevo compulsivamente. Portanto, estou sempre produzindo ou mesmo rascunhando algo que poderá vir a ser um livro. Tenho alguns títulos infantis que sairão em breve. Quanto aos de crônicas, na fila está *A abominável mulher do Neves e outras crônicas*, esperando a vez de ser lido. Bem, mas aí são outras histórias...